没落令嬢は狂おしいまでの独占欲で囲われる

marmaladebunko

真彩 -mahya-

マーマレード文庫

没落令嬢は狂おしいまでの独占欲で囲われる

没落令嬢は狂おしいまでの独占欲で囲われる

風のような人

日ノ本(ひのもと)にご一新が起き、元号が明治となり、もう十二年が経ちました。お母様、うたもお父様も元気にしております。家計は今日もかつかつで、食うや食わずの生活をしておりますが、生きてさえいればなんとかなるものです。くじけてはいけません。うたが頑張って、お父様を支えていきますね。では、行ってきます。

お母様の位牌に心の中で語りかけ、私は居間で寝転んでいるお父様の背中に挨拶をする。

十八歳になった私は、若い頃の母に生き写しだと言われている。記憶の中の母は、短身痩軀で色白、目だけが大きく、鼻と口は小さめで、全体的に控えめな印象の人だった。

「お父様、ご飯もおかずも用意しましたから、先に夕餉を済ませておいてくださいね」

「なにがおかずだ。その辺で摘んだ菜っ葉を塩で漬けただけじゃないか」

「いやねえ、今日はお漬物だけじゃないのよ。ご近所さんが分けてくださったおナスを煮たものもあるの。じゃ、行ってきます」

私は軒先の暖簾をしまい、荷物を入れた風呂敷を持って家を出た。

もともと貧乏御家人だった父は、徳川様が倒れたとき、無職になった。

八年前、藩が廃されたときに保証されていたはずの禄も三年前にはなくなり、細々と営んでいた汁粉屋は、たちまち火の車となった。

それまで住んでいた長屋を出て、知人の伝手を辿り、誰も住まなくなった空き家をタダで譲り受けた。それが今の我が家。街に近いけど、住所は村。

ここでも汁粉屋を営んではいるが、経営状況は芳しくない。

そう、うち……皆川家はとっても貧しい。だから私が頑張らないと。

職を失った没落士族たちは、みんな慣れない商売に手を出してひいひい言っているみたい。うちだけじゃないと思えばつらさも半分ってものよね。

お母様が亡くなったのは、十年前。私が八歳のときだった。

五稜郭で最後まで戦っていた旧幕府軍が倒れ、函館が陥落されたと、お父様がしくしく泣いていたっけ。

私はまだ幼かったから、お母様の病の原因などをよく把握してはいない。

お母様は徳川様が政を朝廷にお返しになった頃から、胸を悪くしたのだという。ほどなくして官軍と幕府軍の戦が起き、将軍様が幕府軍を置いてお城を去り、さっさと隠居してしまった。

自分たちはこれからどうなるのか。

お母様は将来を心配して心を病み、ついでに体を病み、ぽっくり死んでしまった。

優しいお母様だったのだ。うちが徳川家家臣ということを誇りにしていた。

だから幕府が倒れたと同時に力尽きたのだ。

彼女は決して、普段からくよくよしているわけではなかった。私は静かに微笑んでいるお母様の顔を、よく覚えている。

ちなみにお父様は戦に出なかった。口では「娘と妻を置いてはいけなかったから」と言っていたけど、多分怖かったのではないかと思う。

お父様は衣紋方の末端だった。将軍様やお偉い方たちの衣装を準備し、整える役目だったのだ。もちろん、剣や銃で戦ったことはない。

彼はお母様を亡くして気落ちし、なにもやる気がなくなってしまったみたい。

気分のいいときだけ店先に立ち、そうでないときは家で寝ている。

なのに夕方になると、わざわざ外にお酒を飲みに出かける。お父様は悪酔いするので、正直やめてほしい。酒代もばかにならないし。

元衣紋方の経験を活かし、古着屋をやればよかったのに、と思ったけど、「古着など扱いたくない」という理由でうちは汁粉屋になった。

結局巷には同じように職を失った武士が始めた古着屋や古道具屋、汁粉屋が溢れかえっている。

溢れかえっているということは、需要に対して供給が多すぎるということ。だからお客さんはごくわずか。

みんな珍しいものが好きだもの。

まだ珍しい牛鍋や洋食、アイスクリーム、あんぱんなどが人気で、汁粉は飽きられている。

だからアイスクリーム屋に転向しようと提案したのだけど、お父様は「西洋の食べ物など扱わぬ！」と断固拒否。

我が家だけで鎖国継続。まったく文明が開化せぬままで、ちょっと切ない。

私は夕暮れの道を街に向かって歩き続けた。

「ごめんくださいい。皆川でございます」

街の灯りがちらちら見えるくらいのところにある、洒落た洋館。

由緒正しき華族、高屋敷(たかやしき)家のみなさんがここに住んでいる。

声をかけると、中から洋装の婦人が現れた。

高屋敷家の奥様だ。私はぺこりと頭を下げる。

私はこのお屋敷に、週二回、九歳のお嬢さんに琴を教えに来ているのだ。

ちなみに、私に琴を教えてくれたのは前に住んでいた長屋にいたおばさん。その人は、元武家の奥方だった。

「うたちゃん……今日は申し訳ないことを言わなくてはならないの」

奥様は鉄格子でできた門の向こうで、眉を下げた。

私は門の前で、ぽかんと美しく化粧をされた奥様の顔を見上げる。

「おまさの琴のお稽古、やめることにしたの」

「や、やめ……え？」

寝耳に水だ。目をぱちくりする私に、奥様は言った。

「主人が、これからの婦人は琴ではなく、ピアノを習うべきだって、勝手に用意してしまったの」

「ピアノ……」

西洋から来た大きな楽器だというピアノ。もちろん私は聞いたことはあれど、見たことはない。

「ごめんなさいね。おまさもあれこれ習うことになって、手いっぱいなの」

たしかおまさちゃん、もとい雅子お嬢さんは、いろいろな習い事をしているという。それに小学校にも通うことになったらしく、とっても忙しいのだ。

「これ、今月分のお給金」

「あ……」

門は開けてもらえないが、その格子の中から出された手に、反射的に手のひらを差し出してしまった。

紙幣を押し付けられ、私はもう一方の手でそれを挟んだ。

「こんなにたくさん。いけません」

正直、こうして琴のお稽古を断られたのはこの家だけではない。

他の曜日に通っていた家でも、ことごとく断られているのだ。

この家が、最後まで私を雇ってくれた。奥様が私を憐れんでくれているのだと、雰囲気で感じていた。

渡された紙幣は、いつもの倍あった。

「いいのよ。うたちゃん、私はあなたが好きだったわ。いじけて卑屈になっても当然の環境なのに、前向きで、明るくて……。おまさもよ。今日は悲しくてお部屋から出てこられないの」

「奥様……」

彼女の顔に、嘘くささは少しもなかった。

おまさちゃんの無邪気な顔を思い出すと、涙が溢れそうになる。

「私も、奥様と雅子さんが好きでした。どうか、お元気で」

「うたちゃん。困ったらいつでも訪ねてきて」

「大丈夫です！　なんとかなります！」

笑顔を作り、深く礼をした。

「今までありがとうございました」

くるりと踵を返し、今来たばかりの道を戻る。

すると、少し離れたところで、不意に呼び止められた。

「うたさん！」

振り向くと、おまさちゃんのお兄さん、宏昌(ひろまさ)さんが立っていた。

走ってきたのだろうか。息が上がっている。

彼はおまさちゃんとは年の離れた兄で、高屋敷家の次男。

私より二つ上の、二十歳。

生まれつきお体が丈夫ではないらしく、普段は家で療養しているとのことだった。

ひょろりと痩せた体軀に乗った青白い顔が、こちらを見つめる。

「残念です。僕も父を説得したのですが」

「ありがとうございます。仕方のないことです」

明治の世になっても、家長の言は絶対である。

由緒正しき華族様の家なら、余計にそういう気風が残っているだろう。

「それであの、うたさん」

「はい」

「これからもときどき、個人的にお会いすることはできないでしょうか。僕はあなたのことを忘れられそうにありません」

私は首を傾げた。

青白かった彼の顔が、ほのかに赤らむ。

宏昌さんとはお屋敷の中ですれ違ったときにご挨拶する程度の仲だ。忘れられないほどの思い出があったっけ?

彼は、恥ずかしそうに人差し指同士をつんつんと合わせている。

どういうおつもりなのかしら……真意が摑めない。

「ご主人様が私にお暇を出されたのだから、あまり会わない方が自然かと思うのですが」

奥様もおまさちゃんも、個人的に会おうと思えば会える。

それでも今生の別れみたいになってしまったのは、ご主人様に気を遣っているからだ。

そして、私がいつまでもこの一家と関わっていたら、新しいピアノの先生もよく思わないでしょうし。

「宏昌さんがご主人様に怒られてしまいますよ」

「あ、ああ……。そうですね……」

しゅんと枯れた草みたいに首を垂れる宏昌さん。

申し訳ないけど、職を失ったので、彼と秘密で会っている時間はない。

おまさちゃんや奥様ならともかく、宏昌さんとふたりきりで話すことも、そんなにない。

とにかく私は働かねばならないのだ。

「今までお世話になりました。お元気で」

私はすっと彼に背を向け、その場を離れた。

あ、いけない。奥様のご厚意に甘えて、渡されたお金をそのままもらってきてしまった。

それを握りしめた。が、今さら引き返す気にもなれない。

私は歩を止め、お金を懐にしまった。

奥様の手前、大丈夫などと言ってしまったけど、なにが大丈夫なのだろう。

このお金がどれくらいもつだろうか。明日から、なにを食べて生きていこう。

日が暮れた暗い空を見上げると、切なさと空腹感が込み上げてくる。

「ひもじい……」

きっと奥様のお屋敷では、温かくじゅうぶんな量の食事が出されるのだろう。

元幕臣も、うまいこと時代の流れに乗り、政府の要職に就いている者もいる。

しかし没落士族たちは、こうして貧困に喘いでいるのだ。

「悩んだって仕方ない。なんとかなる。なんとかなるわ、絶対に」

着物はみすぼらしい古着、髪は油が買えず、束髪をくるくる巻いて簪を挿しただけの私。

おまさちゃんにはきっと、光り輝く未来が待っている。

一方、私には不安しかない。

みじめな自分と、裕福な人を比べると、どうしても卑屈になってしまいそう。

でもね。そんなことして泣いても、余計にお腹が空くだけじゃない。

私は顔を上げて歩き出した。

お父様の調子がよさそうな日に、また別の仕事を探してこよう。内職でもなんでもやるしかない。

家までの道を、早足で帰る。街から離れるにつれ、辺りが暗く、見にくくなってきた。

いつもお稽古のあとは、高屋敷家の車夫が人力車で送ってくれていた。

今思えば、なんてありがたい心遣いだったのだろう。

ひとりで提灯も持たず夜道を歩くことなど滅多にないので、途端に不安になる。

左右を竹林に挟まれた小道に入ったとき、一層周囲が暗くなった気がして、ぎゅっと風呂敷を抱きしめた。そのとき。

「有り金全部置いていきな」

ガサガサと草葉をかき分ける音がして、四人の男が竹林から出てきた。

通行人を待ち伏せていたのだろうか。暗くて顔はよく見えないが、着古した着物に袴も穿かず、足をむき出しにしている。

「お嬢ちゃん、向こうの洋館の奥方に金をもらっただろ。そいつを出したら、帰してやるから」

じわじわと近づいてくる男たちの手には、短刀が握られている。

お金を受け取ったところを見られていたのか。つけられていたことも知らず、ひとりで歩いてきたことを後悔した。

「お、女子に寄ってたかって。あなたたちはそれでも男ですか」

「つまらねえことを言うもんじゃねえ。黙って金を渡しな。俺たち士族がいいことに使ってやるからよ」

「士族？」

ということはつまり、この男たちは元武士ということだ。

「私も士族の娘です。士族が士族からお金を巻き上げるのですか」

「ああ？」

「生意気な娘だな」

私を取り囲む男の輪はだんだん小さくなる。

士族とは口ばかり、武士の誇りも情けも失ったこの人たちが、お金だけ受け取って穏便に帰るだろうか。

私も武家の娘だ。怖気づいてなるものか。

「よこせ！」

風呂敷が取り上げられた拍子に結び目が緩み、中身が地面に散らばった。

「がらくたばかりじゃねえか」

「娘、金を出せ！　出さなければこうだ！」

両腕をふたりの男に摑まれ、もうひとりが着物の帯をほどく。

「なにをっ……」

帯の端を引っ張られ、体がぐるりと回転した。

よろけて転んだ私の上に、最後のひとりがのしかかってくる。

獣のような視線に耐えられず、ぎゅっと目を瞑る。

体が震え、声も出せず、抵抗しようにも手足が強張って動かない。

襟を摑まれ、はだけた胸元からお札がはらはらと舞い落ちる感覚がした。

もうおしまいだ。お金も取られるし、命も取られる。

さようなら、お父様……。自分でしっかり働いて生きていってね……。

私は死を覚悟した。

追剝ぎの顔をしっかり見てしまった私を、彼らは逃がしたりしないだろう。

「なにをしている」

低い声に、思わず目を開けた。

「……邪魔すると、ためにならねえぜ。さっさと行きな」

「それとも痛い目に遭いたいか？」

足元で私を襲った男たちの声がする。

「その人を解放し、立ち去れ」

頭の方から低い声がするが、取り押さえられていて姿が見えない。

誰かが通りかかったみたい。声から察するに男の人だ。

助かるかもしれない。

一筋の希望の光が見えた気がした。

「なんだと？　お前が立ち去れ！」

私の上から追剝ぎがどいて、立ち上がった。

今しかない。

なんとか体を動かそうとした私を、誰かがすかさず抱き上げた。

次の瞬間、私は宙に浮いていた。

「なっ⁉」

なにが起きたのか、一瞬わからなかった。

目の前には、見たこともない男の人の顔が。

彼は私を抱いたまま、飛ぶように士族崩れの男たちから距離を取った。

速すぎる。人とは思えない。

追剝ぎが私から離れた刹那に、彼は倒れていた私を抱き上げて駆けたのだ。

「逃げなさい」

私を優しく地上に降ろし、手を出す男性。

よく見ると彼は黒っぽい立て襟の服を着ている。一列に並んだボタン。手には白っぽい手袋。

腰にはベルトをし、サーベルを差している。ひざ下までのロングブーツが、彼の足の長さを強調していた。

ボーッとしていた私の手を取り、彼は強引に紙幣を握らせてきた。

まさか、地上に落ちていたお金まで、あの刹那で回収したと言うの。

服やサーベルから察するに、この人は警察の人だ。

「こいつ邏卒だ」

ひとりの男があとずさる。

邏卒とは、警察に勤める人たちのこと。

サーベルを帯刀することから、元士族が多いと聞く。

もちろんお父様のような衣紋方ではなく、腕に覚えのあるお侍さんだった人たちだ。

「去れ」

周囲のものを凍てつかせるような、冷たく低い声が言い放つ。

追剝ぎたちは怯んだように見えたが、目配せし合うと、それぞれ短刀を持ってこちらに襲いかかってきた。

「きゃあっ！」

私が悲鳴をあげると同時、彼は駆け出した。

一番先に向かってきた男が突き出した刃をひらりとかわし、腕を摑む。

摑んだ腕をひねり上げると、短刀がぽろりと地面に落ちた。

「うぎゃああ」

痛みに悶絶する男を前に押し、仲間が怯んだすきを突く。

邏卒の彼は素早く動き、ひとりの男の背後に回りこむ。目で追うのが精いっぱいの速さだ。

彼は一瞬でひとりの首の裏を打って気絶させ、もうひとりの足を払い、奪った短刀を倒れた追剥ぎの顔の真横に突き立てた。

残ったひとりは悲鳴をあげ、邏卒の彼に背中を向けて逃亡する。

街の方向へ走っていった男は、やがて足を止めた。

ゆらゆらと揺れる光が角を曲がってきた。桶状の筒内に二本の鉄輪と蝋燭を設置した龕灯(がんどう)を持った邏卒が十人ほど現れる。

「桐野(きりの)警部補、ご無事でありますか！」

先頭の邏卒が、桐野様と呼ばれた警部補に提灯を差し出した。

持ち主が向けた方のみを強く照らす龕灯と違い、提灯は柔らかく辺りを照らしてくれる。

「大事ない。その者たちを連れていけ」

「はっ」

涼しい顔で言った彼は、あとから来た邏卒隊に指示を出す。

彼らは男たちに縄をかけ、街の方向へ連行していった。

「怪我は？」

「きゃあ！」

不意に彼が振り返ったので、私は思わず悲鳴をあげた。

気づけば、帯がほとんどほどけ、襟が開き、襦袢が丸見えの状態だった。

「だ、だ、大丈夫です」

私は急いで着物を直した。

さらりと髪が首筋をくすぐる。簪が外れ、束髪がだらりと背中に垂れていた。

「簪が……」

私の髪を飾る唯一のもので、母の形見の簪を落としてしまった。

慌ててさっき転ばされた辺りに駆け寄ると、桐野様がついてきて提灯で地面を照らす。

「あった。これだろう」

よほど目がいいのか、桐野様は一瞬でそれを見つけ、拾ってくれた。

「重ね重ね、ありがとうございます」

深く頭を下げる。

危ないところを助けてもらったばかりか、落とし物まで探させてしまった。

「礼を言われる筋合いはない。俺たちはこの辺りに追剝ぎが出ると聞いて、見回っていたんだ。そこに遭遇したに過ぎない」

邏卒は市中の安全を守るのが仕事だ。

「それでも、ありがとうございます。みなさんが通りかかってくれて、助かりました」

ぼんやりと照らされた桐野様は、役者のような整った顔をしていた。

髪はざんぎり、六尺くらいはありそうな身の丈。長い手足は異国から来た人のよう。

五尺もない私とは、まるで親子のような身長差。

現実にこんな人が存在するのね。

突如恥ずかしくなり、私はうつむく。

役者さんみたいだからといって、殿方の顔をまじまじ見つめてしまうなんて、はしたないわ。

お礼を言われるのに慣れていないのか、桐野様は咳ばらいをして話題を変えた。

「……とにかく、行こう。家まで送る」

「えっ、いいんですか？」

正直、ここから家までひとりで帰れと言われたら、恐怖で動けないかもしれない。

桐野様がついてきてくれるのならありがたい。彼の腕っぷしの強さは、さっき見せてもらったばかりだ。

「それも仕事だ」

低い声で呟くように言うと、私に道案内をするよう、彼は促した。

ボロボロの我が家に着くと、彼は黙って何十年も葺き替えられていない屋根を見つめた。

周辺にも同じような貧しい家ばかりだから、それほど気にしてなかったけど、彼はもしかして、呆れているのかしら。

でも、見栄を張っても仕方ない。うちはここ以外にないんだもの。

「どうぞ、お上がりになって」

家の中は真っ暗だった。お父様は出かけているみたい。

すぐ悪酔いするくせに、お酒を飲みにフラフラ出かけるときがある。今夜はそういう日なのだろう。

行燈に火を灯し、玄関前で突っ立っている彼の手を引っ張る。

「どうぞ、お食事を召し上がっていってください」

「いや、俺は」

「命の恩人になにもお返ししないなんて、バチが当たります」

強引に座敷に座らせられ、きょろきょろと補修用の古紙がそこらじゅうに貼られた部屋を見回す桐野様。

暗いながらも、彼が戸惑っているのがわかる。

「まさか、君ひとりで住んでいるのか？」

「いいえ、父とふたりです。今は出かけているようですけど」

「仕事か？」

「まさか。うちは没落士族の底の底ですもの。お仕事なんてありはしません」

おそらく、貧乏仲間と、安いお酒で酔っぱらってるんだわ。

仕方ないわよね。職も失い、お母様も亡くなってしまった。

仲間と飲むくらいしか、楽しいことなんてないんだもの。それも禁じたら可哀想だし、そもそも私がなにを言っても聞きはしない。

「君はなぜ、ひとりで暗い場所を歩いていた？」

「華族様のお屋敷にお琴を教えに行っていたんですが、今日でお役御免になってしまいまして」

私は今日の夕方に起きたことを、かいつまんで話した。

「娘を夜に働かせて、父親は遊び歩いているのか」

「夜だけじゃありません。昼はお汁粉屋を、ここの軒先で」

「そういう話じゃない」

桐野様は怒ったような顔をしている。

「父は徳川様が倒れると共に職と母を失い、気力をなくしてしまったんです」

「しかし、娘が身を粉にして働いているというのに」

「きっと、なにをすればいいのかわからないんだと思います。なにか動き出すきっかけがあればと思って、私もあれこれ考えているんですけど」

末端だとしても、父はきっと衣紋方としての仕事に誇りを持っていたのだろう。

その誇りが邪魔をし、時流に乗り遅れてしまった可哀想な人なのだ。それでも私をここまでにしてくれた。責めてばかりはいられない。

桐野様はまだなにか言いたげだったけど、結局黙ってしまった。

バカな親子だと、呆れられたのかもしれない。

「それにしても、お腹が空いたでしょう」

私はお膳にご飯とお漬物、ナスの煮物を乗せて彼の元に急ぐ。

お父様がちゃんと私の分を残しておいてくれてよかった。

「どうぞ！　お粗末ですけど、味はいいんですよ」

じっとお膳を見てから、桐野様が顔を上げる。高い鼻の脇に暗い影ができていた。

「君は食べないのか」

「はい、家を出る前にいただきました」

大嘘だ。今桐野様の目の前にあるのが、この家にある食料のすべて。

あ、ご飯だけは少し残ってたっけ。明日はそれをおかゆにして、朝餉にしよう。

奥様からいただいたお給金で新しくお米を買って、あとはなにか、日持ちしそうなものを……。

食べ物のことばかり考えていたからか、お腹が切ない音で、ぐうううと鳴った。

「空腹なんだろ」

「やだ……」

ふたりきりの空間で鳴った腹の虫は、さすがにごまかせない。

恥ずかしさでうつむく私の頭に向かって、桐野様はふうとため息を漏らした。

「せっかくだが、今日は辞退するとしよう」

彼は箸も持たず、腰を浮かせて帰ろうとする。

「あのっ、桐野警部補」

「桐野で構わない。名は馨」

彼はブーツを器用に履き、立ち上がった。

おそらく桐野様は、うちの状況を察してくれたのだ。私の食べ物をとってはいけないと思ったのだろう。

うちって細部にわたって完璧に貧乏な見た目だし、父が働いてないって話したから、余計に気を遣ってくれたのよね。

障子はどれだけ紙を貼って修復しているかわからないし、隙間風は吹いて音を立てるし、畳は色褪せてガサガサだし。土壁はところどころ落ちているし。

あ、よく見たらお茶碗も欠けてた。おまけに私の着物はつぎはぎだらけ。

「温かい心遣いに感謝する。しかし俺も一旦戻らなければならない」

「はい……」

「では」

私をみじめにさせないため、言葉を選んでくれているのがわかった。

ちょっとぶっきらぼうな印象だったけど、実は優しい人みたい。

「桐野様、私はうたと申します。姓は皆川」

彼はちらっとこちらを見て、そのまま行こうとする。

このままだと、二度とお会いできない。

そう感じた私は、咄嗟に桐野様の手を摑んだ。

「必ずお礼に参ります。お宅の場所を教えてください！」

振り返った桐野様は、眉間に皺を寄せて私を見下ろす。

「必要ない」

「いいえ。このままでは私の気が済みません」

「俺のことはいいから、自分の暮らしのことだけ考えろ」

彼は眉間に皺を寄せ、深いため息を吐く。

私はやっと、彼の手を握る力を緩めた。

そんなに迷惑なのかしら。

もう一度会いたいと思っているのは、私だけなのね。

彼にとっては、私など通りすがりのひとりに過ぎないのだろう。

でも私にとって彼は、命の恩人なのだ。

「紙と筆は」

「え？」

「家の地図を描いておく。困ったら、いつでも訪ねてこい」

彼は軒先の床几に座った。

家の地図？　ということは、会いに行ってもいいということ？

私は慌てて紙と筆と墨を持ってきて、彼に差し出す。

彼は私が差し出した蝋燭の灯りの下で、サラサラと地図と住所をそこに書いてくれた。なかなか達筆だ。

「お礼に伺ってもよろしいのですね？」

「礼はいらない。困ったときに来いと言っているだろう」

「お礼をしないと、私の気が済まなくて困ってしまいます」

明日からまた働いて、なにかお礼の品を買おう。

目的があれば、頑張れる。

頬を緩める私を見て、彼は「勝手にしろ」と観念したように言った。

「変わった娘だ」

桐野様は筆を置き、私に背を向けた。

「では、御免」

提灯を持ってのしのし歩いていく彼の姿を、私はいつまでも見送っていた。

不器用な優しさ

おまさちゃんの屋敷での仕事を辞めてから三日、まだ次の仕事は見つかっていない。

それでも遊んではいられないので、私はせっせとお店の仕込みに精を出していた。

お父様は今日も気分が乗らないみたい。いつものようにせんべい布団に横になり、なにをするでもなくボーッとしている。

私は母の位牌に手を合わせてから、ひとりで外に出た。

軒先の床几に緋毛氈(ひもうせん)をかけ、ボロさを隠す。

一目でお店とわかるような、のぼりとか看板みたいなものがあるといいんだけど。

うちにあるのは、色褪せて「汁粉」の字が見えにくくなった暖簾だけ。

「そもそもうちって、商売ってものを甘く見ているんじゃないかしら？」

原料を仕入れるお金もかかるからいきなり新しい商売はできないけど、そろそろお汁粉一本で商売するのには限界を感じる。

お父様が異国の食べ物を嫌うから、そうでないもので、なにか名物があるといいわね。

とはいえ、自分自身の食生活が貧しく、新しい文化に触れる機会もないので、簡単に名案は浮かばない。

おまさちゃんの家で小麦と砂糖を捏ねて焼いた洋菓子をいただいたことがあるので、それに似たものを出すお店をしたらどうかと考えたが、なにも伝手がないし、おそらく原価が上がるし、焼く窯もない。

いちから物を生み出すのは並大抵ではないのだなあと、しみじみ感じているのであった。

黄色に変色しつつある落ち葉を掃除し、ぼんやりとお客を待つ。

袖を揺らす風が日に日に冷たくなっているのを感じた。

朝から汁粉を求めてくる人はほぼおらず、旅人風の人がふたり寄ってくれただけだった。

昼になり、お父様に昼餉代わりのお汁粉を出し、自分もそれをする。

「もし？　ふたりなんだけどいいかしら？」

外から声をかけられ、慌てて外に出たら、感じのよさそうなお嬢さんがふたり、床几に腰かけていた。

前髪と横髪を後頭部でまとめ、後ろ髪は三つ編みにして背中に垂らし、二つもリボンがついている。

ふたりともそのような洒落た束髪に、普段着なのであろう着物と羽織を合わせていた。肩には寒さよけのショールまで。

私と同じ年頃だろう。かわいらしいお嬢さんたちに湯気が立つお汁粉を出すと、思った以上に喜ばれた。

「ああ、おいしい。ホッとするわ」

「街は賑やかすぎるもの。たまには静かなところでのんびりしたいわよね」

ふたりは街に住んでいるらしい。社交界がどうのとか、学校がどうのとかいう会話が漏れ聞こえてきた。

「ごちそうさま。おいしかったわ」

「ありがとうございました」

お代をもらい、ふたりを見送る。

髪についたリボンが揺れるのを見ていたら、なんとなく胸が締めつけられた。

……羨ましいな。

素直にそう感じたのは、いつぶりだろう。

おまさちゃんの家は彼女たちよりさらに裕福そうだったけど、こんなに苦しい気持ちにはならなかった。

仕事に一生懸命になっていたからか、世界が違いすぎて圧倒されていたからか、今となってはわからない。

お母様が亡くなってから働き通しで、友と呼べる人もいない。

綺麗な着物を着て、友とおしゃべりをして、束の間の休息を味わう。

たったそれだけのことすら、私にはできない。

秋の冷たい風が、むき出しのくるぶしに染みる。

みじめさに涙が滲んだ、そのときだった。

「やっているか」

若い男性の声に、びくりと肩を震わせて振り向く。

いけないいけない。秋の風のせいで、いつもより後ろ向きになってしまったわ。

「はーい」

目元を拭って前を向いて、ハッとした。

そこには二十名ほどの男の人がいた。

「み、みなさんお客様……？」

着物の中に襟付きシャツを着た屈強な男の人たちが、ずらりと並んでいる。

見たことのない光景に慄いてあとずさったそのとき、人の好さそうな顔の男性が出てきて、お札を渡してきた。

「これでよろしく。人数分あるはずだけど」

「は、はいただいま！　あの、器の数が足りなくて、お待たせしてしまうかも」

「問題ありません。みな待機には慣れています」

待機に慣れている？　どういうことかしら。

尋ねようと思ったけど、それより先にお代をいただいたのだから、お汁粉を出さなければ。

「ありがとうございます……！」

私は大急ぎで家の中に走り、横になっているお父様の背中を叩いた。

「ねえ、お客様が大勢いらっしゃってるの。手伝っていただけません？」

お父様は起きているはずだが、返事はない。

今まで団体のお客様がみえたためしがないので、お父様も私の言っていることを冗談だと思っているのかも。

仕方ないわ。私もなにが起きているのかわからないんだもの。お父様は余計に信じられないわよね。

諦め、私は台所に向かう。

家の中の欠けていないお椀とお箸をかき集め、お汁粉をすくって出した。

「うまっ。うまいなあ。汁粉なんて久しぶりに食べたよ」

最初のひとりが、大きな声でそう言ってくれた。

夢中で口に運んでくれているので、お世辞ではないようだ。

「お口に合ってよかったです」

「うん、うまいよ娘さん。なあ、街の汁粉屋は不味いんだよな」

「あれは単なる泥水だ」

談笑しながらあっという間に平らげられた器を下げ、洗い、まだ行き渡っていないところに急ぐ。

床几も一脚しかないので、座れない人は立ち食いだ。申し訳ないけど、屈強そうな殿方たちは平気らしかった。

「おい、食べ終わった者は帰れよ。ここで溜まっていたら迷惑だから」

「へーい」

最初にお金をくれた人が声をかけると、食べ終えた人たちが帰っていく。

いったいこの人たち、どうやってこのお店の存在に気づいたのかしら。

「ああおいしかった。ごちそうさま」

「あの、お釣りを」

さっきもらった紙幣は、人数分のお汁粉代よりどうも多めにいただいてしまったようだ。人数を数え直して計算して、やっと気づいた。

「ああ、いいんです。とっといてください。ひとりで大変だったでしょ？」

「いえ、そんなのいけません」

この人たち、いったいどういうお知り合いなのかしら。

まさか兄弟というわけではないでしょうに、甘味愛好会といったところかしら？みんなで甘味を食べ歩いているとか？

そのわりには、食べ終えた人からさっさと帰っていく。どうもおかしい。

そして、お金をくれた男性は、いったい何者？

全員分支払って、お釣りまでくれるなんて。太っ腹すぎるわ。よほどの甘味好きなお金持ちなのかしら。

「かわいい娘さんだなあ。なあ、今度一緒に芝居を見に行かないか？」

お金を払った男の人と私の間に、別の男性が入ってきた。

団体の中でもひときわ体の大きい男性だ。まるで力士みたい。

「えっ？」

「おい、やめろよ」

力士もどきの男性はなにも気にしていないように、私に顔を近づける。

「綺麗な肌だなあ。こりゃあ磨けばいい女になるぞ」

舐めるような視線に、思わず眉根が寄る。

気持ち悪い。でも、お客さんだから口には出せない。

「やめろって。困ってるだろ」

「いや、俺はこの子と逢引の約束をするまで帰らない」

めちゃくちゃなことを言い出した力士もどきから逃げようと、「ありがとうございました～」と挨拶をし、家の中に入ろうとする。

「待て待て、逃げるなよ」

力士もどきが伸ばした手が、私の手首にあと少しで触れそうになった。

「おい」

その指先は、私に届くことはなかった。

「あ……！」

力士もどきの太い手首は、私に伸ばされた格好のまま、がっしりと掴まれていた。

「き、桐野警部補」

屈強な力士もどきを片手一本で封じたのは、桐野様だった。

彼は冷たい目で、力士もどきをにらむ。

六尺の彼に見下ろされると、筋骨隆々の力士もどきが子供っぽく見えるから不思議だ。

「誰の許しを得て、彼女に触ろうとした？」

氷のような視線に射貫かれ、男性は「ひいっ」と息を呑み、手を引っ込めた。

「申し訳ありません！」

大きな体を縮めて土下座する力士もどきを、お金をまとめて支払った男性が呆れ顔で見下ろす。

「だからやめろって言ったじゃないか。さあ、行くぞ」

残っていた甘味愛好会は、力士もどきを囲んで帰っていった。

「ごちそうさまでした警部補！」

最後尾の若い男性が、桐野様に敬礼した。

彼はその男性から目を逸らし、チッと舌打ちをする。

ごちそうさまでしたって、まさか……。

「桐野様？」

彼は今日も、邏卒の制服を着ていた。

明るいところだと、男っぷりがさらに際立つように思う。

しかし桐野様は、私と目を合わせてくれない。

「もしや、あの方たちは……」

「知らんな。俺はなにも知らん」

甘味愛好会の後ろ姿と、桐野様の顔を交互に見る。

最後尾の人、たしかに「ごちそうさまでした警部補！」って言ったもの。

桐野様が警部補だと知っているということは、彼らはきっと桐野様麾下(きか)の邏卒だ。

「桐野様があの方たちに、ここを紹介して……いいえ、ここでお汁粉を食べるよう、命令してくださったのですね？」

「違う」

「お代をくださったのも、桐野様ですね？」

邏卒たちは、桐野様に言われてここへ来たのだ。

きっと、「自分の名前を出すな。釣りも置いてこい」と指示したのだろう。

「どうしてごまかすのです。私はお見通しですよ」

顔をのぞきこもうとするたび、桐野様は微妙に帽子のつばの向きを変え、視線が合うのを防いでしまう。

絶対にそうだ。そうであれば、いきなり団体客が来たことも納得できる。

「まったくの無関係だと言うなら、今日はどうしてこちらに？」

私の質問に、桐野様は平然とした顔で答える。

「ここが俺の巡察路だからだ」

「たまたま通りかかったと。へえ」

嘘くさい。三日前に追剝ぎを捕まえたのに、その上この寂れた一帯を見回る意味はないように思う。

それ以前も、ほとんど邏卒の姿など見かけることはなかった。

「あの力士みたいな方にどうしてももう一度お会いしたいのですが……そうですか、桐野様がご存じない方なら、もう二度とお会いできないでしょうね」

「なに？」

着物の袖で目元を隠して呟くと、桐野様がこちらを向く気配がした。

「どういうことだ。まさか君、あの男に惚れたのではあるまいな」

「桐野様には関係ないのでしょう？」

「あれはやめておけ。妻子がいるのに女癖が悪い。心配で見に来てみたら、やはりこういうことになったか」

手を下げると、桐野様と目が合った。

「やっぱりお知り合いではありませんか」

しまったとでも言いたげな顔で、桐野様は低く唸った。

「嵌めたな」

「素直におっしゃらないから。あ、ちなみに力士さんにはまったく興味ございません」

むしろ、あのように見つめられて不快だったわ。

桐野様は団体で部下をよこしたはいいが、あとで女癖の悪い邏卒がいることを思い出し、心配して来てくれたのだろう。

仕事中なのに……親切な人。

「またまた助けてくださり、ありがとうございます」

頭を下げてから上げると、桐野様は思い切り不機嫌そうな顔をしていた。

前もそうだった。もしや、お礼を言われると照れてしまうのかしら。

あんなに強いのに、なんだかかわいい人。いいことをしたんだから、もっと得意げになっていいのに。

彼の不器用な優しさに、胸がじいんと温まる。

「そうだ。まだ少しだけ残っているんです。お汁粉、召し上がりません？」

空気を変えようと提案するが、彼は首を横に振った。

「甘いものは苦手なんだ。そして俺は非番ではない。これ以上ゆっくりはできない」

「あら……そうですか」

それは残念。食べてもらいたかったな。

自分の商っているものを苦手と言われると、少し寂しい。

「残りは君が食べてくれ。その分の料金も支払うから」

彼は懐からお札を出し、私に渡そうとする。

「いいえ、もうだいぶ多めにいただきました。そうだ、お釣りお釣り」

「いらんと言っているだろ」

「そうはまいりません」

私は家から小銭を紐で束ねたものを持ってきて、慌てて外に出た。桐野様はずらした帽子をかぶり直しているところだった。

「あの」

「とっておけ。なにかの足しにはなるだろう」

お金を返そうとするが、桐野様は受け取る気配がない。

腕組みをして顔を逸らし、完全に拒否の姿勢だ。

「また助けていただいて……本来なら、無料でみなさんにご馳走すべきものを」

「それはそれ、これはこれだ。たまにはなにかおごれと部下に言われたので、そうしたまで」

「いけません。正規の料金しか受け取れません」

みんな、私を憐れんで施しを与えようとしてくれる。

桐野様も、冷たくて不愛想に思えるけど、私に気を遣ってくれた結果、そうなるのだろう。そうでなければ、多くお金を渡そうとなんてしないはず。

ありがたいけれど、その一方で切なくなる。

私は相手から見下される存在であり、対等ではないのだと思い知らされるのだ。

「強情な娘だな。もらっておけばいいだろう」

「あなたこそ、すっきりお釣りを受け取ってくださいな」

詰め寄ると、仏頂面の桐野様が、ずいと近づいた。

なんだろうと思う暇もなく、彼が私をそっと抱き寄せた。

背の高い彼の制服が、視界いっぱいに広がる。

なにこれ。もしや私、桐野様に抱きしめられてる？

どっどどど、どうしてこんなことに？　どういうつもり？

混乱する私を、彼はあっさり解き放った。

「これで余剰分はいただいた。では」

お釣りの分を、抱擁で補ったということ？

吉原の花魁ならともかく、痩せていて洒落気のない私じゃ、いくら抱擁しても、なんとも思えないでしょうに。

彼は一見堅くて、冷たくて、こんなことを絶対にしなさそうに見えていたので、余計に動揺する。

どうしよう。さっき力士もどきに見つめられたり触れられたときとは全然違う。未知の感情が胸を叩いて収まらない。

金魚のように口をぱくぱくさせるしかない私を置いて、彼は踵を返して行こうとする。

「あ、あの、桐野様！」

必死で呼び止めると、彼はちらりと振り向く。

「お礼の準備ができたら、きっと伺いますから」

この前描いてもらった地図は、大事にしまってある。

いつになるかはわからないけど、私の方からお礼に行くはずだったのに。

たった三日で、桐野様の方から会いに来てくれると思わなかった。

憐れみを受けたくはないけど、彼に会えたことは素直にうれしい。

「あ……あの、でも、奥方様は嫌な思いをされるでしょうか」

若く見えるけど、階級が警部補なのであれば、おそらく三十代のはず。

その年齢で、こんなに素敵な人がひとりでいるわけがない。

「奥方様なんていない。もう三十二になったが、一度も結婚はしていない」

「えっ」

「うちにいるのは、下働きのばあさんと下男だけだ」

そうなんだ。まだ結婚していないんだ。

心がふわっと軽くなった気がする。

私と彼がどうこうなる可能性はなくとも、気になっている殿方がひとり者だと知れば、自然と心が浮き立つ。

「君は？　まだ縁談はないのか？」

「あはは……無事に行き遅れそうです」

十八歳の私も、結婚していてもおかしくない年齢だ。

徳川様の世では、十九過ぎたら行き遅れと呼ばれていたこともあるくらい。

まだ幕府の世が続いていたら、ひょっとしたら縁談があったかもしれない。

しかし今はお父様があんな感じだし。嫁入り道具も用意できない汁粉屋の娘を、誰が欲しいと言ってくれるだろう。

「そうか。意外だ」

気を遣ってくれたのか、彼はそう言った。

「桐野様の方が意外です」

ちゃんとした職もあって、若いのに警部補で、役者のような容姿で……。

警察の偉い人のお嬢さんとの縁談とか、たくさんありそうなのに。

「周りには再三、奥方をもらえと言われてはいるんだがな」

苦笑する桐野様の目が、細い糸みたいになった。

私はしばしその顔に見惚れる。

彼が笑ったところを、初めて見た。仏頂面よりよっぽど素敵な笑顔に、胸の奥をくすぐられたような気がした。

やっぱり、私と違って、彼には縁談が来ているのだ。

それでもまだ独身ということは、なにか事情があるのかしら？

「ん……そろそろ本当に戻らないといけないな」

桐野様は懐から出した懐中時計を確認し、笑顔を消した。

「では、また」

「あ、はい。お気をつけて！」

背の高い彼が遠くの角を曲がるまで見送り、ハッと気がついた。

またって。桐野様、またって言った。

ということは、またお会いできるってことよね。

お宅にお伺いしても大丈夫ってことだと、思っていいのよね？

心臓が、今まで感じたことのない速い拍子で脈打っている。

私はすっかり寂しくなった軒先に、いつまでも突っ立っていた。

不器用だけど優しくて、本心が見えにくいけど、きっと私のことを気遣っていてくれる。そんな桐野様のことを、何度も頭の中に思い浮かべた。

「おい、なにをぼんやりしている。大丈夫か」

背後から声をかけられ、飛び上がるくらい驚いた。

そっと振り向くと、今さらながら様子を見に来たのか、お父様が立っていた。

「鍋がほぼ空だったが」

「売り切れたのよ」

「本当に団体客が来たのか」

やっぱり狸寝入りだったのね。

集まった人の声も聞こえていたに違いない。

お父様は私以上に、自分より恵まれた人を見るのに耐えられないのだ。

たとえお客様であっても、「汁粉を食べ歩く余裕があっていいよな」と妬んでしまうらしい。

そして衣装の扱いには長けていても、人間同士の付き合いは下手だ。

自然にしていれば愛想がないと言われ、頑張ってしゃべれば、余計なことを言ってしまう。要領が悪い人なのだ。

「いったいなんの団体なんだ」

「さあ……甘味愛好会じゃないかしら」

私は言葉を濁し、片付けを始めた。

邏卒たちが来たとは言わない方がいいだろう。

彼らは元士族が多い。

同じ士族でも、今の世でちゃんとした職を得て生きている邏卒たちは、父には眩しすぎる。

そして、中には幕府の敵だった薩長の士族もいるだろう。

余計な悶着を避けるため、お父様は出てこなくて正解だったかも。

今日来てくれた邏卒の中にも、聞き慣れないお国訛りがある人がいたもの。

私はもう今さら、薩長を憎む気などない。

お母様が亡くなったのも、お父様がこんなふうになってしまったのも、誰のせいでもないのだから。だけどお父様はそう思っていない。

そういえば、桐野様はどこの出身なのかしら。

言葉に訛りがなかったから、よくわからない。

どこの出身であっても、抱き寄せられているところをお父様に見られなくて、本当によかった。

嫁入り前なのに、お日様の下であんなことをしていたら、お父様は怒り狂うに違いない。

「気楽なやつらがいたもんだ。この国はどうなっちまうのか」

「さあね。お父様、洗い物はお願いしますよ」

「ああ、腰が痛い腰が痛い」

お父様は大げさに腰をさすり、家の中に戻っていく。

いったいなんのために外に出たのよ……。

国の行く末を憂う前に、自分の今後を考えてほしいわ。

ため息を吐くと、一層冷たい風が吹いた。

お汁粉もなくなっちゃったことだし、今日は店じまいしよう。

毛氈を取ってたたんでいると、道の向こうから竹籠を背負ったおじさんがやってきた。

「おーい、うたちゃん。源蔵（げんぞう）さんは元気かね？」

「三郎（さぶろう）さん」

源蔵というのは、お父様の名だ。

三郎さんは道の向こうで畑仕事をしている。

彼は昔からこの地に住んでいて、私たち親子のことを気にかけてくれている。

「相変わらずです。最近は昔なじみもさっぱり寄ってくれなくて」

徳川様が倒れ、この地に越してきてから、年に何回かは元幕臣仲間が立ち寄ってく

い
れ、父とあれこれ話をしていた。

　しかしここ最近は、それも途絶えている。

　みんな、自分の生活で精いっぱいなのだろうし、腑抜けになったお父様と話していても、正直楽しくないのだろう。

「そりゃあ寂しいなあ。あ、これたくさん採れたからおすそ分け」

　三郎さんは、下ろした籠から野菜を次々に出し、床几の上に置いていく。

　かぶ、ニンジン、冬瓜。どれもおいしそう。

「いつもありがとうございます」

　うちの食卓は、三郎さんに支えられていると言っても過言ではない。

「いいよ。じゃあねうたちゃん。頑張って」

　よいしょと竹籠を背負い直し、三郎さんは手を振って去っていった。

　今日はたくさん置いていってくれたなあ。お父様とふたりで食べきれるかしら……。

「そうだ！」

　あることを思いついた私は、両手で野菜を抱えて家の中に入った。

　四日後の朝、私はお父様に声をかけた。

「お父様、私お仕事を探しに行ってきます。お店をお願いしますね」

邏卒たちが来てくれた日は例外として、いつもは暇なので、お父様ひとりでも大丈夫だろう。

真面目に店番をしないでお汁粉が売れ残ったら、それを私たちの食事にすればいいわけだし。

せんべい布団の上で、お父様は寝返りをうった。

「ああ……そうか」

珍しく起き上がったお父様は、私の荷物を見て首を傾げた。

「その荷物はなんだ？」

ギクッとした私は、荷物を見えないように抱えてお父様に背を向けた。

「行ってきます！」

質問に答えず、私は家を飛び出した。

早足で家から離れたところで振り返るが、お父様が追ってくる気配はない。

よかった。それほど不審には思われてないみたい。

安堵した私は、腕の中の風呂敷を見る。

風呂敷で包んだのは、古い重箱だ。お母様が遺してくれたもの。

その中には、私が作った里芋の煮物が入っている。

お母様がイカを入れるとおいしいと教えてくれたけど、イカを買う余裕はないので、お芋とニンジンだけを甘辛く煮た、簡素な煮物だ。

「上手にできたのよね～」

物ごころついたときからお母様のお手伝いをしてきてよかった。

たった八歳でお別れするまで、私は手習い代わりに、半紙に料理の仕方を書いておいたのだ。それを見ながら、母亡きあとの台所を守ってきた。

そして今、蓄えてきた力を遺憾なく発揮した。

ほっくりねっとりとした里芋は煮崩れしておらず、ちょうどよくついた照りが光を反射する。

傑作だ。そう確信した私は、迷いなくそれを重箱に詰めた。

この四日、もらった野菜で数種類のおかずを作ってみたものの、全部普通の出来だった。

やっと傑作と認められるものができたのだ。この機を逃してはならない。

お父様に食べられないうちに。善は急げ。

そう、今日こそ私は桐野様にあの日のお礼をしに行くのだ。

お礼はお金がなくたってできる。大事なのは気持ちだもの。

桐野様が私を忘れてしまわないうちに、お礼だけはしなくちゃ。

私はお父様に見つからないように厳重に隠してあった彼の家の地図を広げ、街へ急ぐ。


おまさちゃんの家に通っていたときと、途中までは同じ道を通る。

昼前には街に着き、きょろきょろと周りを見回した。

一時間弱歩いただけなのに、街はまるで異国のように華やいでいる。

徳川の時代の面影を残す昔ながらの建物が並ぶ往来。

遠くの方に、大きな三角屋根の頂点が見える。あれが二年前に名前が変わった、東京警視本署かしら。元は津山藩江戸藩邸だったのよね。

まだまだ庶民は着物姿が多いが、寂れた村に比べると、やはり活気がある。

様々な店の暖簾が風にそよぎ、呼び込みの声が飛び交う。

嗅いだこともないいいにおいが、鼻先をくすぐった。

往来を歩くたくさんの人々の後ろから、人力車が走っていく。

「賑やかねえ」

私は街の人に地図を見せて道を尋ね、桐野様のお屋敷に少しずつ近づいていった。

彼の書いた地図は簡略化されており、街に慣れていない私にはなにがなんだかわからなかったから。

「ああ、桐野様のお屋敷か。あんた、芸者かなにかかい？」

モダンな帽子をかぶった人に道を尋ねると、頭の上からつま先まで、じろりと観察されてしまった。

ここまで忘れていたけど、私は街の中では逆に浮くくらい、地味な……もっと悪く言えば、みすぼらしい格好をしている。

「いいえ、あの」

「ああ、どこかの下働きか。そうだよな、芸者にしては化粧気がない。あそこの主人はいい年して嫁がいないから男色家だと言われてるが、どうなんだろうな」

「さ、さあ。どうもありがとうございました」

私はお辞儀して、足早に帽子の人から離れた。

街の人って、噂好きなのね。桐野様が男色家だったら、かなり衝撃的かも。

ちょうどお昼頃になってやっと、私は桐野様のお屋敷に辿り着いた。

街の喧騒から少し離れた、閑静な住宅街。

洋風の建物もあるが、ほとんどが瓦屋根の建物だ。

私は桐野様のお屋敷を見上げ、ぽかんと口を開けた。

「大きい……」

大豪邸というほどではないけれど、堅牢な門構え、白木の表札、手入れされた庭の木々の中に、平屋の家屋が見える。瓦屋根の一部だけだけど。

「ご、ごめんくださーい！」

門はがっちり閉じられていて、入り込む隙間はない。

声を張り上げても、中まで聞こえるような気がしない。門番がいてもよさそうなのに、誰もいない。

どうしようかと思っていると、前触れもなく門が少しだけ開き、その隙間からどくろの妖怪が顔をのぞかせた。

「ひっ！」

どくろの妖怪と思ったのは、小柄な老婆だった。痩せて頬骨が出て目が落ち窪んでいるので、どくろと見間違えてしまった。

ああ、びっくりした。このおばあさん、足音がしないんだもの。

それにしても、さっきの呼びかけが聞こえたのかしら？

あのお屋敷の中にいたにしては、門が開くのがやけに早かったような気がする。お庭で掃除でもしていたのかな。

「なんだえ。ここは警部補桐野様のお屋敷だんべ。おかしなことをしたら牢獄行きだえ」

しわがれた声がまた妖怪っぽい。

なんとなく不気味な老婆だが、所詮は生きている人間。恐れていてはだめよ。

警部補桐野様という呼び方といい、田舎訛りの話し方といい、下女であることは間違いなさそう。

「こんにちは。私、先日桐野様に危ないところをお助けいただいた皆川と申します。本日はお礼に参りました」

「お礼に？」

おばあさんはじろりとこちらを見上げた。

「そう言って、ご主人様に近づこうとする女子（おなご）があとを絶たねえんだ。やめとけやめとけ。あの方がおめえさんみたいな十人並みの女子を相手にするわけねえべ」

「いえあの、本当に助けていただいたんです」

やはり、桐野様はご近所でも有名な方なんだわ。

あの見た目では、歩いているだけでさぞかし目立つことでしょう。

押しかけて知り合いになろうという勇猛果敢な女子も数多くいるのね。そのおかげで私までそういう人だと疑われている。

「どのみち、ご主人様はお勤めに行っていて、今はおられねえ。出直してきな」

「そうですか……」

警察の人は交代で任務に当たるから、決まった曜日が休みというわけではない。さらに、夜勤もあると聞く。

ちゃんと次のお休みを聞いておけばよかった。任務中ならば、会えなくても仕方ない。

助けてもらったことを取っかかりにして、桐野様にもう一度お会いしたいと思っていたのは確かだ。

おばあさんから見たら、他の女子と大差ないだろう。

任務というのも嘘かもしれないけど、それを確かめる術はない。

「では、これを桐野様に渡していただけますか。汁粉屋のうたと言っていただければわかります」

「へえ」

おばあさんは無遠慮に私が差し出した風呂敷をほどき、重箱の蓋を開ける。

「これ、おめえさんがこしらえたのかい？」

「そうです」

「ご主人様が召し上がるかどうかはわからねえよ」

「もし桐野様が召し上がらなければ、働いてらっしゃるみなさんでどうぞ。失礼いたします」

私はおばあさんに重箱を渡すとぺこりとお辞儀をし、踵を返した。

きっと桐野様に会えるだろうと、根拠もなく思い込んでいた。

会えたらなにを話そうと浮き立っていた自分が嫌になる。

おばあさんは、私を値踏みするようにじろじろ見ていた。

こんなみすぼらしい娘では、たとえ桐野様がいたとしても取り次いでもらえなくて当然だろう。

しょんぼりと桐野様のお屋敷をあとにし、賑やかな街並みに戻った。

仕方ない。悲しいけれど、せっかくここまで来たのだから、働き口を探して帰ろう。

重箱がなくなって身軽になったので、私はあちこちのお店に顔を出した。

「なんでもします。働かせてください」

「悪いねえ。人手は足りてるんだ」

飲食店でも、小間物屋でも、呉服屋でも、あっさりと断られてしまった。

みんなつぎはぎだらけの私の着物を見て顔をしかめたような気がしたのは、被害妄想だろうか。

絶え間なく流動的に変化しているこのご時世、みんな自分の家の者を食べさせるので精いっぱいなのかもしれない。

「あ~今日はきっとそういう日なのね。うん、帰ろうっと」

なにをやっても空回っちゃう日ってあるものね。

きっとそのうち、おまさちゃんの家のような、いいお勤め先が見つかるわよ。

三百年続いた徳川様が倒れる世の中よ。薩摩の大将だった西郷さんも、一昨年の戦で負けてしまった。なにがあっても不思議じゃない。

暗くなる前に家に帰ろうと、早足で歩く。

と、視界の片隅に積み上げられた本の柱が見えた。

貸本屋だ。所狭しと本が並べられている。

その脇に、地べたに直に積まれた本があった。

「あのう、これって」

「ああ、人気がないから処分しようかと思ってたんだ。いるならやるけど」

「いいんですか？」

私は一番上にあった本をぺらぺらと開いた。

印刷された半紙本だ。どうやら外国語の本らしい。外国語と読み方、意味が書いてある。

本は貴重で、うちの稼ぎではおよそ買うことはできない。しかもこのような外国語の本など、もってのほかだ。

「世間では英語の教育が盛んだと聞きましたが」

「盛んだけど、もっといい本が出てるからね。それはぺるり提督が浦賀に来た直後くらいに作られたものらしいから、少し古いよ」

ぺるり提督が浦賀に来航したのはおよそ二十五年前。たしかに古い。

「でもいいです。いただいていきます」

「物好きだねえ」

「ありがとう、おじさん」

なにも借りていかない私に嫌な顔をすることなく、人の好さそうなおじさんはにこやかに手を振ってくれた。

ほら、いいこともあるじゃない。人生諦めちゃだめだわ。

家に帰ると、なぜかお父様がいなかった。鍋の中の汁粉はいくらも減っていない。

「もう。暇だからって、出かけちゃったのかしら」

書置きひとつもないので、お父様がどこでなにをしているのかはわからない。

「仕方ないお父様ね」

私はお母様の仏壇に帰宅の挨拶をし、ぼんやり店番をした。

今日の夕飯はお汁粉ね。決まり。もう他には作らない。いっぱい歩いて疲れたもの。

暗くなってもお父様が帰ってくる気配がないので、店じまいして先にお汁粉と煮物の残りで夕食にした。

ひとりで食べる夕食は味気ない。

さっさと終えて、奥の部屋で蝋燭に火を灯し、もらってきた本を開く。

「へろう。こんにちは……」

馴染みのない異国の文字を見ているだけでワクワクした。

世間には海を渡って外国で言語や文学を学んだ女性もいるとか。

いいなあ、私も広い世界を見てみたい。

お父様が衣紋方ではなく、外国奉行であったなら、私にも海を渡る機会があったかもしれない。

「ま、そんなこと夢想したって仕方ないわよね。筆はペン。いや、ペンはペンよね。やっぱり古いわ」

独学で英語を習得できるとは思っていない。やはり言語は誰かと会話してこそ覚えられるものだろう。

でも、いつか役に立つかもしれない。

人生なにがあるかわからないわ。時間を無駄にするより、いろいろやっておいた方がいいに決まってる。

なにより、勉強していれば気が紛れるしね。

本に集中していると、スパンと障子を開ける音がして、驚いて顔を上げた。

いつの間に帰ってきたのだろう。開け放たれた障子の向こうに、お父様が立っていた。

「蝋燭を無駄にするなっ。さっさと寝ろっ」

集中していて気づかなかったが、家の中はもう真っ暗になっていた。

お父様の顔が赤い。吐息がお酒臭い。

「また飲んでいらしたのね」

何事もなかったかのように本を背後に隠す。

「うるさい。お前こそ、こんなに遅くまで蝋燭を焚いてなにをしていた」

「帳簿をつけていたんですよ」

「嘘をつけ」

筆も紙も出していないので、嘘であることは明白だ。

いつもは酩酊しているお父様なら簡単に騙せるのに。今日は様子が違う。

「見せてみろ!」

「きゃあっ」

お父様はいつになく乱暴で、私の肩を横から押した。

彼はお尻の下に隠した本を取り上げ、蝋燭で照らす。

「なんだこれは。異国の言葉を学んでどうしようって言うんだ!」

「どうしようなんて思っていません。ただの暇潰しで」

「暇を潰すなら、もっとマシなことで潰せ! 売国奴の真似をしおって!」

お父様は本を私の顔目がけて投げつけた。

「いたっ」

背表紙の角がおでこに当たり、一瞬くらりとする。

「外国人相手に商売でもするつもりか。それとも、わしへの当てつけか?」

「いいえ……」

「まだ徳川の世から抜け出せぬ、わしへの当てつけかっ」

「違います！」

そう思うのは、お父様がお父様自身を嫌いだから。古い時代に取り残され、新しい時代で器用に生きられない自分を許せないからだろう。

「お父様こそ、徳川様に義理立てしているおつもりですか。ただ毎日なにもせず、だらだらと過ごしているだけではありませんか」

心の中で、がらがらとなにかが崩れていく。

そう、これはきっと、今まで積み上げた我慢の城壁。

正面切ってぶつかると面倒臭いから、今まではずっと我慢してきた。

物わかりのいい、優しい娘を必死に演じてきた。

お父様だってつらいのだからと、自分を納得させてきた。

でも、もう限界だ。

私ひとりが頑張ったって、うちはどうにもならない。幕臣時代の蓄えは、とうに底をついている。

「なんだと？」

「もう徳川様はお倒れになったのです。いい加減に覚悟を決め、ちゃんとした仕事に就くなり、真面目に商売するなり、生き方を改めてください。元幕臣の誇りだけでは、お腹は膨れませんっ」

お父様の目が見開かれた。醜く歪む形相で、彼は腕を振り上げた。

次の瞬間、私はしたたかに頬を打たれていた。

初めて、お父様に打たれたのだ。

勢い余って、床に倒れた。

「恥を知れ！」

捨てゼリフを吐き、お父様は部屋を出ていった。

私はただ呆然と、冷たい床の上に横になっていた。

＊＊

仕事を終え、屋敷に帰る。

今日も市中は事件も火事もなかった。いいことだ。

元号が変わり十二年が経ったが、いまだに世の中は落ち着かない。

一昨年の西郷隆盛の乱の鎮圧以来、士族の反乱は鳴りを潜めたが、没落士族はまだ全国に転がっている。

職を失い、誇りを失った彼らは追剝ぎや違法賭博、阿片密売に手を染めることもあり、油断はできない。

門を叩くと、すぐさまばあやが駆けつけ、出迎えてくれる。

「おかえりなさいませ」

敷地の中に入るなり、襟の留め金を外して緩める。

邏卒の制服はどうも窮屈で、いつまでたっても慣れない。

「変わりないか」

この屋敷は新政府の役人となったかつての同志が用意してくれたもの。

これほど大げさな屋敷はいらないと言ったが、防犯上塀と門がなくてはいけないと説得された。

俺に家族はいない。ここに住んでいるのは、自分とばあやと、もうひとりの若い下男だけ。

「西に行くことになった」

「西と言うと、長州だべか」

廃藩置県が行われたあとでも、ばあやは徳川時代の藩名で呼ぶ癖が抜けない。

「いいや、薩摩だ。今は鹿児島か」

「任務で？」

「もちろん」

そうでなければ、一昨年戦をした薩摩にわざわざ行ったりはしない。

命令が下ったのは、今日の昼だった。

要は西郷軍の残党狩りだ。滅びたはずの薩軍だが、落ち延びた兵が西で再び挙兵を図っているとの噂を密偵が聞きつけ、真偽を確かめにいくことになった。

薩摩で英雄視されていた西郷氏が亡くなったことによる衝撃は大きかった。

政府軍の勝利により、各地で起きていた士族の反乱が治まったほどだ。

西郷でもできなかったことを、自分たちができるわけはないと思ったのだろう。

だから今さら、あちらを調査することにどれだけの意味があるかはわからないが、上が行けというのだから行くしかない。

まったく、世の中はちっとも変わりはしない。

四民平等とは言うが、結局自分より力のある者の命令に従わなければ、生きていけないのだ。

「それはそうと、昼間、若い娘が訪ねてきただよ」

しわがれた声に、自然と眉根が寄る。

俺のことをよく知りもしないのに、「街で見かけて素敵な人だと思った」とふざけたことを言って訪ねてくる女子がたまにいるのだ。

そんなことを言われても不気味なだけなので、ばあやには全員追い返すように指示してある。

「ふむ」

制服の釦をすべて外し、前を寛げて歩いていると、後ろをついてきたばあやが言った。

「汁粉屋のうたと申す者で」

自然に足が止まった。

汁粉屋のうた。追剝ぎに遭いそうになっていた、貧しい娘か。

そういえば、必ず礼をしに来るなどと言っていた。まさか、本当に来るとは。

「昼間とは」

「午の刻だったべ」

すでに日が落ちかけている。うたはとっくにここを去り、あの隙間風吹きすさぶ家とも呼べぬ小屋に戻っただろう。

哀れな娘だ。父親はまともに働いていない様子だった。

つぎはぎの着物を纏った体は、驚くくらい痩せていて軽かった。

追剝ぎに襲われた彼女を助けたときのことを思い出す。

うたは決して恵まれていない。しかし他人への感謝と、明日への希望を忘れていない、清い目をしていた。

「お礼と言って、煮物を置いていっただよ。毒見したけんど、大丈夫だったべ」

「そうか」

煮物か。金品でないところがあの娘らしい。

そういえば、初対面でいきなりナスの煮物をすすめてきたな。あれは正直驚いたし戸惑った。

自分の食べる物もじゅうぶんにないのに、他人をもてなそうとする人間が、この世にいたとは。

俺が知っている人間という生き物は、食べ物も権利も土地も、なんでもかんでも奪い合おうとする。

「若い娘が作ったにしてはいい味だったべ。夕餉にお出ししましょか」

「ああ。頼む」

脱いだ制服を肩にかけて歩いていると、ばあやの足音が止まった。

なにかあったのかと振り向くと、驚いた顔のばあやと目が合う。

「どうした」

「いんや……ご主人様が、ばあやが作ったもの以外を口にしようとしたのが初めてだもんで、びっくらこいただ」

ごほんと咳ばらいし、ばあやはどくろのような顔を伏せた。

「そうだったか」

信用のおける者が作った料理しか食べないようにしているのは本当だ。

その辺の蕎麦屋などでは気にしないが、いきなり屋敷を訪ねてきた娘が持ってきたものは、たとえ毒見後だとしても手を付ける気にはなれない。

「うたは知らない者ではないから」

「知り合いだったんか。いつどこで？　もう男女の関係になったんか？」

顔を上げたばあやは、いつになく目を輝かせて俺を見上げる。好奇心を貼り付けた頰が上気していた。

「バカを言うな。追剝ぎに遭っていたところを助けただけだ」

「そこから恋愛に発展したんだべな」

「どういう解釈をしたらそうなる」

恋愛とは最近世間で聞かれるようになった新しい言葉だ。

ばあやは意外に新しいもの好きだということは知っているが、いったいどこからそんな言葉を仕入れたのか見当がつかない。

まだまだ聞き足りなさそうなばあやから逃げるように、早足で屋敷の中に入る。

革靴を脱ぎ捨て、制服から普段着の着物に替えると、やっと一息吐くことができた。

うたは勝手に押しかけてくる娘たちとは違う。

俺に恩を感じているだけだ。他意はないだろう。

しかしあの娘、これからどうするつもりなのか。

働かない父親を抱えて娘がひとりで生きていけるほど、世間は甘くない。

花街に身売りするようなことがなければいいが……。

「夕餉でございやす」

居間に座っている俺の前に、膳に乗せた夕餉を持ってきたばあやは、いつものように落ち着いていた。

彼女が退出してから、じっと膳の上に出された煮物を見つめる。

焼き魚の横に、それはいつもの小鉢ではなく深めの椀に山盛りにされていた。まるで月見団子のように。

箸をとり、里芋をひとつ口の中に入れた。

「……うまい」

ばあやの里芋の煮物にはいつもイカが入っているが、うたのものにはない。

ほくほくねっとりした里芋は甘辛く、素材そのものの優しい味がした。

ひとり静かな部屋でもくもくと咀嚼していると、なぜだか無性にうたに会いたくなった。

あのとき、どうして俺は彼女を抱き寄せたりしたのだろう。

釣りを断るなら、走り去ってしまえば済んだのに。

考えても考えても、答えは出なかった。

相容れない者たち

お父様とケンカをしてから二日が経った。

私は変わらずお母様の位牌に手を合わせる。

お父様も相変わらず、一日のほとんどをせんべい布団の上で過ごしている。

今まで、後ろ向きに考えても仕方ないと思って頑張ってきたけど、あのケンカですべてが虚しくなってしまった。

狭い家の中で、不機嫌なお父様の気配を感じるだけで息が詰まりそう。

「はあ……」

邏卒のみなさんがお店に来てくれてから、お客さんが増えた。

任務の合間や非番に寄ってくれる邏卒さんもちらほらいるし、彼らからお店のことを聞いて足を運んでくれた人もいる。

売り上げが増えたのはありがたいが、これがいつまで続くかと思うと不安になる。

私もいつまでも若いわけじゃない。

すでに十八歳。徳川様の世なら、もうすぐ行き遅れと呼ばれる年齢だ。

ご一新さえなければ、お父様は今も幕臣で、お母様も存命で、私は適当に紹介された人と結婚していたかもしれない。

そうなっていたら、今よりは幸せだったかしら。

想像しようとしてもうまくできなくて、代わりに桐野様の顔が瞼の裏に浮かんだ。

あかぎれだらけの手を見て、ため息をつく。

考えても意味のないことは考えないでおこう。

これからどうやって生きるか……不安だらけでも、真剣に考えなきゃ。

家の中は息苦しいので、寒さを堪えて外で店番をしていると、街の方からやたらと長い人影が近づいてきた。

あれはもしや！

慌てて乱れた髪を撫でつけ、鼻の下を袖でこすった。

人影が一歩近づくたびに、落ち着かない気持ちになる。

そわそわと両手の指を合わせて遊ばせる私の前に、その人は現れた。

「元気か」

私を見るなり、彼はそう言った。

邏卒の制服ではなく、着物姿の桐野様。

羽織も袴も、ぴしっと伸びていて皺がない。

洋装のときに際立っていた足の長さが、袴でもわかる。

初めて見る着物姿の桐野様に、私は返事もせずに見惚れてしまった。

「これ……」

差し出された風呂敷には見覚えがあった。煮物の重箱を包んだ風呂敷だ。

「あっ！　ああっ、わざわざ返しにきてくださったのですか！」

桐野様はわざわざうちの重箱を返しにきてくれたのだ。

「年季が入っているようだから、もしやお母上のものではと思って」

たしかに、これはお母様が遺してくれたもの。

ずっと使っていなかったけど、お母様が生きているときは、お正月におせち料理を詰めたりしてたっけ。

彼はお母様の形見なら捨てては悪いと思って、わざわざ返しにきてくれたんだ。

「里芋、うまかったよ。ごちそうさま」

いつも仏頂面だった桐野様が、柔和な表情でそんなことを言うものだから、うれしくなってしまう。

胸の中に春風が吹いたみたい。落ち着かなくて、くすぐったい。

「お口に合ってよかった」

あのおばあさん、ちゃんと桐野様に渡してくれたのね。

押しかけてくる女性がたくさんいるようだったから、渡してもらえずに捨てられている可能性も高いと思っていた。

けれど彼は食べてくれたのだ。現場は見ていないけど、きっと。そう信じることにした。

「お父上は？」

桐野様が私の背後を気にするように視線を動かした。

「ああ……相変わらずです」

「そうか」

会話が途切れた。

本来なら、命の恩人である桐野様に、お父様からもお礼を言うべきなのだろうけど、そうさせる気にもならなかった。

なにより桐野様に、情けないお父様の姿を見られたくない。

うつむいた足元に、冷たい風が吹いた。

体が震え、小さなくしゃみがひとつ出た。

「くちんっ」

「大丈夫か」

桐野様がさっと懐紙を差し出してくれた。

「だ、大丈夫です」

幸い、鼻水は垂れてこなかった。

夏物も冬物もなく、年中同じ着物を着まわしている着たきり雀の私は、お洒落な桐野様から見たらどんなに野暮ったいことだろう。

この前の腹の虫といい、彼には見られたくない恥ずかしいところばかり晒してしまっている。

「これを」

桐野様は自分の首巻きを外し、私に巻いてくれた。

首が温まるだけで、だいぶ違う。それに、なんとなく桐野様のにおいがする……って、だめよ私。はしたないわ。

「返さなくていい。俺は訓練しているから、平気だ」

首巻きを外そうとすると、ぽんぽんと肩を叩かれた。

でもこれ、チクチクしないし、きっと質のいい高価なものだわ。もらってもいいのかしら……。

返さなきゃと思うけど、あまりの温かさに手放せなくなってしまう。

「働き口は見つかりそうか？」

首巻きに顎まで埋まってほくほくしていると、不意に尋ねられた。

「いえ、まだ。でも桐野様のおかげでお客様が増えたので、汁粉屋一本でもなんとかやっています」

桐野様は、いつも私を助けてくれる。

彼の前にいるだけで、卑屈な心が真っ直ぐに戻っていく。

作るまでもなく浮かんできた笑顔で彼を見上げると、肩にあった手が降りて、そっと私の指に触れた。

「冷たいな」

呟く桐野様の温かい手が、私の手を包む。

ただそれだけで、とくんとくんと胸が高鳴り熱くなる。

「君は困っていても、俺を頼ってくれないようだ」

桐野様が苦笑した。

私の服装を見れば、生活が困窮しているのは一目瞭然。恥ずかしいけれど、仕方ない。

「迷惑でなければ、援助をさせてもらえないか。とりあえず、冬の着物がいるな」

「そんな、いけません」

気持ちはありがたいけど、桐野様が私に援助をする理由がない。

それに着物は高価だ。首巻きの何倍もかかる。たとえ古着でも、これ以上施しを受けるわけにはいかない。

「もちろんタダでとは言わない。俺もそこまでお人好しじゃない」

「え？」

じゃあ、なにを見返りに望むと言うのだろう。

私が彼に差し出せるものなんて、なにもないのに。

首を傾げると、彼は咳ばらいをして、言った。

「手紙をくれないか」

「手紙って……文のことですか」

桐野様はこくりとうなずいた。

「実は二月（ふたつき）ほど、任務で鹿児島へ出張することになって」

「えっ！」

「これが滞在する予定の宿の住所だ。他の者には漏らさぬように」

あらかじめ用意していたのだろう。桐野様は懐から封筒を出し、私の手に握らせる。

「君のことがとても気がかりなんだ。元気かどうか、たまに手紙をよこしてほしい。その中に切手代も入っているから」

手元を見下ろす。住所を書いた紙だけでなく、お金を入れてくれたらしい。

「どうしてそんなに私のことを気にかけてくださるんです？　貧しいから？」

「それもある」

きっぱりと彼は言った。

やはり、憐れみなのだ。

桐野様は一見むっつりしていて怖い人に見えるけど、実は優しい。

数回しか会っていないけど、私にはわかる。

だから……優しいから、私を憐れんでくれるのだ。

情けなくて、悲しくてうつむく。指の先が痛かった。

「だが、それだけじゃない。任務中に知り合った貧しい者は、君以外にもたくさんいる」

そっと頬に触れられ、顔を上げる。

桐野様が、優しい目で私をのぞきこんだ。

「でも、気になるのは君だけだ。君だけは、不幸になってほしくない」

「どうして……」

「里芋の煮物がうまかったから。それだけじゃいけないか」

そんなもの、食べ飽きているだろうに。

触れられた頬が熱くて、泣きそうになる。

「俺は一生懸命生きている者が好きでね」

「はい……」

「だから、君を放っておけない。どうか、俺が帰ってくるまで自棄を起こさず、体を壊さず、健やかに暮らしてほしい」

いつも冷たかった桐野様の目に、温かい光が見えた。

「ありがとうございます」

憐れみでもいい。同情でもいい。

それでも、桐野様と繋がっていられるなら。

二月も会えないのは寂しいけれど、彼が私を気にかけていてくれると思えば、耐えられる。

寂しさを堪えて、笑顔を作った。

「着物はいりません。首巻きのお礼に文を書きますね」

「強情だな。じゃあ、そういうことにしてもらおうか」

「はい。桐野様、どうかご無事で」

「たった二月だ。薩軍の残党がなにか企んでいるとの噂があって、調査に参加するだけのこと。心配には及ばない」

桐野様の手が、私の頬から離れた。

そういえば、一昨年の薩軍と政府軍との戦では、薩軍を制圧するために、邏卒も大勢出動したと聞いた。

ということは、邏卒は薩軍の恨みを買っているということ。

西郷隆盛の自害後、残った将士も自刃か刺し違えで自らの人生に幕を引いたという。が、新政府や警察に恨みを持つ生き残りは、まだあちこちに残っていることだろう。

敵の中に直接切り込むわけではないとしても、心配には違いない。

でもどうして、帝都（ていと）に近いこの地にいる桐野様が鹿児島まで出張しなくてはいけないのか。

「わかりました。また帰ったら知らせてくださいね」

「ああ。いいか、困窮したら遠慮なく屋敷へ来るんだ。ばあやには話しておく」

自分が危険な地に赴くのに、私の心配ばかりしている桐野様を愛しく思った。

これほど胸が温かくなる感覚を、今まで知らなかった。

「承知しました」

施しを受けるようなことはしたくない。

だけど私がここでうなずかなければ、彼は心配事を抱えたまま旅立たねばならない。

素直に返事をすると、桐野様は安堵したような表情を見せた。


桐野様が旅立った途端、ますます寒さが厳しくなった。

外を歩く人の数は減り、汁粉屋に立ち寄ってくれる人もますます少なくなった。

ただ、こっちに残っている邏卒たちがたびたび寄ってくれるので、なんとか生活ができている。桐野様のおかげだ。

「皆川うたさんのお宅はこちらですか」

桐野様と別れた七日後。

家の前の枯れ葉を掃いていると、韮山笠をかぶった郵便配達員に声をかけられた。

黒っぽい洋服、笠と袖に丸に一引きの印がついている。

「私です」

竹箒を投げ出し、配達された手紙を抱きしめ、家の裏に回る。

珍しい切手をしげしげと見つめたあと、そっと封筒の上部を指で切り、中の手紙を取り出す。

私に手紙をくれるのは、彼しかいない。差出人の名前を見るまでもなかった。

【前略　皆川うた様】

流麗な文字でつづられた手紙には、船で長崎に着いたことが書いてあった。

いきなり鹿児島に上陸したら、調査対象に警戒される可能性があるかららしい。

【船酔いはそんなにしませんでした。こちらには異人の屋敷が多くあり、帝都とはまったく違う趣の街並みが目を楽しませてくれます】

外国の人のお屋敷は、赤い煉瓦でできているという。

絵では見たことがあるけど、実際はどんなものだろう。

行ってみたい。今すぐ飛んでいって、桐野様と同じ景色が見たい。

【洋食を食べましたが、俺はやはり昔ながらの飯が好きです】

どんな洋食を食べたのか、詳しくは書かれていない。

洋食といえばパンとアイスクリームくらいの知識しかないけれど、長崎にはこちらにはない珍しい料理があるのかも。

【君の里芋の方がうまかった】

頬が緩むのを感じる。

ひとりでニタニタしていてはいけないとは思うものの、顔の肉が思い通りにいかない。

桐野様ったら、直接お話しになるより、手紙の方が雄弁ね。

【ところでそちらはどうですか。君もお父上も元気ですか。重ね重ね言いますが、困ったときは必ず屋敷を訪ねるように】

屋敷というのは、桐野様のお屋敷のことだ。くどいくらいに念押ししてくれる。

【これからますます寒くなりますが、お体にお気をつけて　桐野馨】

何度も何度も桐野様の文字を読み返し、大事に折りたたんでいると、表から声がした。

「うた、うたはどこだ」

お父様だ。

私は手紙を懐に押し込み、立ち上がった。

「はあい」

「なんだ、厠か。お客だぞ」

表に出ていくと、見覚えのある邏卒さんがふたり、こちらを見て笑っていた。

ちょ、厠とか殿方の前で言わないでほしい。いつまで娘を幼児だと思っているのかしら。

「申し訳ありません。少々お待ちを」

家の中に戻ると、お父様が憮然とした表情で座っていた。

「お父様が接客してくださってもいいんですよ」

汚い無精ひげ、ざんぎり頭というよりはただ禿げただけの寂しい頭髪。

しかもすっきりさっぱり禿げてくれればいいものを、中途半端にしがみついている少しの頭髪は不揃いに伸び、その間から地肌が見えて、なんとも物悲しい。

もう少し気を遣ってくれたら、と思うけど言えない。「汚らしいから」とはいくら親子でも言ってはいけないと思っている。

せめて真面目に働いてくれたら、全部許せるのに。

嫌味っぽい言い方になってしまった私に、お父様は吐き捨てる。

「わしはあいつらに媚びることはせん。まったく情けないことだ。官軍の落とした小銭で生きねばならんとは」

官軍って、いつの時代の話なの。

邏卒は元官軍ばかりじゃない。うまいこと転身した元幕軍だっている。が、お父様はそもそも新政府自体をよく思っていないので、そういう言い方をするのだろう。

情けないと思うなら、官軍様に頼らないで生きていける道を考えましょうよ。

……なんて言っても無駄だとわかっているので、ぐっと堪えた。

お汁粉を二杯、お盆の上に乗せて運ぼうとすると、お父様が何気なく言った。

「それにしても、なぜ邏卒の客が急に増えたんだろうな」

ギクッとした私は、お盆ごとお汁粉をひっくり返しそうになってしまった。

桐野様のことは知られてはならない。

いまだにどこの出身かは知らないけれど、あの若さで警部補まで昇進したということは、元官軍だった可能性が高い。

彼に情けをかけられていることを知ったら、怒るかガッカリするか……どっちにしても、お父様にも私にもいいことはない。

「巡回路が変わったんですかね。この辺りには夜中追剝ぎが出るとかで、警戒しているのかも」

「ああ、追剥ぎの噂はあったな。しかし捕まったんじゃなかったか」

「ほとぼりが冷めたらまた別の追剥ぎが出てくるでしょう」

私はお父様から逃げるように、家から出た。

「やあうたさん、今日も綺麗だね」

「警部補がいないからって、浮気をしちゃいけませんよ」

邏卒たちはいい人が多くて、気さくに話しかけてくれる。

一度力士のような邏卒を桐野様が追い払った件が広まり、いつの間にか私が桐野様の想い人だと認識されているらしい。

「浮気だなんて」

やんわり否定するけども、邏卒たちは信じていない様子だった。

そもそも、私と桐野様はそういう関係ではない。私が一方的に慕っているだけだ。彼がいなくて寂しくて、気づけば彼と交わした言葉や、様々な表情を思い出している。

そんな自分が彼を想っているのだと気づくのに、時間はかからなかった。

「そうだ、今日はお土産があるよ」

「はい？」

「妹の古着なんだけど、うたさん着るかい？」

ひとりの邏卒が、風呂敷を広げてみせた。

中には上等な綿入れや、厚手の着物が。柄もこの前来たモダンなお客さんが着ていたものと似ていて、とても古着には見えない。

「こんなに素晴らしいものを、いいんですか？」

「ああ。妹は実業家と結婚が決まっていてね。時代は洋服だとか言って、旦那に洋服をたんまり作らせたらしいんです。着物も既婚者にふさわしい柄を作ったとかで、これはいらないんだと」

「まあ、もったいない」

会ったことはないけれど、それだけの良縁に恵まれるということは、きっと素晴らしいお嬢さんなのでしょう。

「ありがとうございます。大切に使いますと妹さんにお伝えください」

ありがたくいただいて、お礼を言った。

これで冬も暖かく過ごせる。涙が出るほどうれしい。

「お父様もお礼を言ってちょうだい」

中に入って事情を話し、お礼をするように促すけど、お父様はもう布団の中に戻っていた。

ふんと鼻を鳴らすだけで、返事もしない。

邏卒からものをもらうだけで面白くないのだろう。

まあ、突き返せとか言い出さないだけいいわね。

「すみません。無礼な父で」

「そんなの気にしないよ。じゃあね、うたさん」

邏卒たちはお汁粉を食べて代金を払い、帰っていった。

私は街に仕事を探しに行くと言っては切手を買い、桐野様に手紙を出した。

邏卒にもらった上等の着物に、桐野様にもらった首巻きで出かけると、まるで良家のお嬢さんになった気分。なにより温かい。

手紙の内容は、だいたいたわいもないことだ。

私の日常に変化はないので、ともすれば愚痴の羅列になりかねない。

桐野様の無事を祈る言葉と、下手な短歌とか、絵とか、押し花などを入れて空白をごまかした。

彼は手紙の方が好きみたいだけど、私は話す方が得意みたい。

手紙を出すと、また何日かして桐野様からの返事が届いた。

私は手紙を自宅に届けるのではなく郵便局に取り置きしておいてもらえるように頼んだ。

留守の間に父が受け取ってしまうと困るからだ。

桐野様の手紙には、任務の進捗は書かれていなかった。

秘密の任務なのだから当然と言えば当然だろう。

今は鹿児島に潜入しているみたいだけど、手紙からは任務のことはほとんどわからない。

相変わらず見た景色や訪ねた場所、食べ物のことなどが旅行記みたいに書かれていた。

私は桐野様の手紙を楽しみにしている。

自分がどこにも行けない分、色んな場所のことを知れて面白いし、なにより桐野様の無事が確認できる。

でも、早く帰ってきてほしいな。やっぱり顔を見てお話ししたい。

冷えた指先に息を吐きかけて温め、郵便局から家へと歩いて戻る。

途中、忙しそうな旅籠を見つけ、ふと足を止めた。

戸板に「女中募集」と張り紙がしてあったからだ。

私は二階建ての旅籠を見上げた。

綺麗な建物だ。うらぶれている感じはしない。

出入りするお客も普通の身なりだし、没落士族の溜まり場というわけではなさそう。

どうしよう。これは幸運かも。

今までの私だったら、あと先考えず突撃していただろう。

けれど最近の桐野様の手紙に「勤め先は俺が紹介するから、評判がよくわからないところに勤めないように」とあったので、少し考えてしまう。

あと半月で桐野様が帰ってくる予定だし、それまでは我慢しようかな。

ちらっと中をのぞいてみたけど、客以外の誰もが慌ただしく働いていた。

声をかけられる雰囲気ではなさそう。今日はやめておこう。

後ろ髪を引かれる思いで、私は旅籠から離れ、家への道を急いだ。


数日後。

共同井戸から汲んできた水をえっちらおっちら運んでくると、珍しく家の中から話し声がした。

お父様のお知り合いかしら。もしかして三郎さん？

お茶でも出そうと家に入ると、男の人の大きな声がした。

「源蔵さん、あんたこの先どうする気だね」

三郎さんの声でもない。いったい誰？

「うるさい、放っておいてくれ」

お父様の悲鳴にも似た怒声に、足が止まった。どうやら、穏やかな話ではないみたい。

「放っておけないよ。元は同じ衣紋方にいた仲間だ」

居間の障子が閉まっているので、土間に屈んだまま耳を澄ませる。

「いつか立ち直ると思っていたが、まさかこんな有様だとは」

そうですよね。そう思いますよね。私もそう思っています。

と声に出しては言えず、無言で激しく同意する。

「あんたはいろいろと理由をつけて、新しい職を探すのが面倒なだけなんだ。若いやつに頭を下げて、教えてもらうのが嫌なんだろう」

ずばっと核心を突いてくる誰か。身内の私もそこまで言えなかったのに。

ハラハラしつつ、状況を見守る。

これでお父様が働いてくれるようになれば万々歳だけど……。

「ああ、嫌だね。こんな世の中は全部嫌だ。どうにでもなれ」

無理だった。お父様の投げやりな声に肩を落とした。

「あんたは病だよ。心の病だ」

「お主のように武士の誇りを捨てた者になにがわかる」

「武士の誇りがなんだ。娘ひとりも食わせてやれない、なにもやる気にならないで酒ばかり飲んでいる。そんな病人に言われたくはないね」

「なにをっ」

本当のことを言われたり、痛いところを突かれたりすると人は怒る。

お父様の怒声が聞こえ、私は立ち上がった。

障子を勢いよく開けると、すぱーんといい音がした。

「なにをしてらっしゃるんです！　表まで丸聞こえですよっ」

「うた……」

着物の裾から下帯が見えてしまっているお父様と、きちんと着物を着た同じ年頃の男性。今流行の髭を生やしている。

「ああ、源蔵さんのお嬢さんかね。大きくなって。私です、川路(かわじ)です」

髭や髪型で人相が変わってしまっているのか、川路さんの記憶が私にはない。が、相手は懐かしそうにこちらを見ている。どうやら過去に会ったことがある人らしい。よほど小さいときに会ったのだろうか。

「ご無沙汰しております。すみません、せっかく寄っていただいたのに」

「いやいや。あなたも大変だね」

彼は立ち上がり、ぽんと私の肩を叩いて出ていこうとする。

「あの、お茶を」

「いいえ、もう行きます。あ、そうだ源蔵さん。いいことを思いついた」

お父様は完全に背中を向けて座っていた。

なにも聞きたくないという、完全拒否の意志を表す姿勢だ。

それにもかかわらず、川路さんはお父様の背中に語る。

「私がうたさんに縁談を持ってこよう。なるべくいい縁談を」

「えっ」

いきなりなにを言い出すんだろう。

私はぽかんと川路さんの髭を見上げた。

「あんたごと面倒見てくれそうな男を探してくるよ。そうすればうたさんもあんたも、生活に困ることがなくなる」

　名案だとばかりに、目を輝かせる川路さん。

「うちに縁談なんて来るもんかい」

　吐き捨てるお父様。

　そうよね。縁談っていうのはほとんど、同じくらいの力を持っている家の男女が引き合わされるものよね。

　私をお嫁にしたって、相手の家にはなんの利益もない。

　川路さんが言ういい縁談なんて、ありっこない。

「さあ、わからないよ。うたさんは綺麗だし、賢いし、働き者だ」

「お前はうたのなにを知っている」

「わかるさ。奥さんにそっくりだ。この年であんたとふたりの生活を支えているんだから、賢くて働き者に決まっている。そういう触れ込みでいけば、きっといい縁談が見つかる」

　やる気満々の川路さんの声に、とうとうお父様が振り向いた。

　無気力な顔面に、少しの期待が浮かんでいるのが見てとれる。

「あてがあるのか」

「ないこともない。では私は行くよ。果報は寝て待てってね」

お父様とは対照的に、ブーツを履いてしゃきんとした姿勢で歩き出す川路さん。

私はそのあとを追って、家の外に出た。水を入れたままの桶に躓きそうになった。

「あのっ、川路さん。今のって冗談ですよね？」

「ん？　縁談の話かい？　本気に決まっているだろう。私は源蔵さんに世話になったんだよ。このまま見捨てることはできない」

生真面目そのものの顔、目には曇りがない。

私はめまいがした。

「あの、縁談ではなく、どこかお勤め先を紹介していただけたらと」

「源蔵さんの？　その方が難しそうだなあ」

眉を下げる川路さんの顔を見ていると、悲しさが込み上げてくる。

以前はただの衣紋方、大政奉還後十年と少し、なにもせずに過ごしていた父が就ける職はないということか。

昔のお仲間はうまいこと働き口を探したり、商売を真面目にやっているのだろう。

何度かお父様も誘ってもらったことがあるが、そのたびに断ってしまったのだ。

これは完全に誰のせいでもなく、頑固なお父様が悪い。

「それともうたさん、すでに心に決めた人がいるのかい？」

聞かれて、息が止まりそうになった。

心に決めた人。頭の中には、桐野様の顔が浮かぶ。

「いえ、私が一方的に懸想しているだけですけど……」

恥ずかしくて涙が滲んだ。

私は桐野様に懸想している。きっと、追剝ぎから守ってくれたあの日からずっと。

強いけれど、不器用で優しくて。彼のことを知れば知るほど想いは強くなった。

でも、この想いは一方通行だ。結婚の約束どころか、想いを通い合わせたわけでもない。

「恋はいいものだね。でもそれは結婚とは別だ。君は賢いからわかるね？」

小さい子を諭すように言う声が気に入らなかった。

ああ、結局は私もお父様と同じ。お父様の子だ。

意に沿わないことに首肯はできない。

「私は愚かなので、わかりません。どうか、放っておいてはもらえませんか」

必死な私に、川路さんは同情的な目を向けた。

「そうか……。いや、結論を急ぐことはない。よく考えなさい。どうするのが、あなた方親子が生きていくのに一番いいのか」

大きな手でぽんぽんと私の肩を叩き、彼は行ってしまった。

吹きすさぶ寒風の中、私は上着も着ずに立ち尽くす。

どうするのが一番いいか？

お父様がちゃんと働いて、私はいただいた縁談に乗るのがいいに決まっている。

年をとったお父様の考えや行動を変えるのは難しい。だから私が我が家の暮らし向きをよくする最後の砦だ。

それはわかってる。わかっているけど……。

家に戻ってお父様の姿を見るけど、やはり変化はない。

私がなんとかしなければ。

私が稼げば、生活を支えるための縁談に頼らなくてもよくなる。

意を決した私は、次の日街へ出た。

宿場町でもないのに他の店に紛れて建っている、あの忙しそうな旅籠へ行くのだ。

途中で郵便局に寄ると、また桐野様からの手紙が届いていた。

受け取り、局を出てから封を開ける。

道端の石に腰かけ、手紙を広げると、【任務が終わり、帰れることになった】と書かれていた。

「よかった！　ええと、なになに？」

久々に心が晴れた気がする。

無事に生きて帰ってきてくれるだけでいい。

弾む気持ちで手紙を読み進めると、ある一文にハッとした。

【故郷の長州に寄ろうかとも考えましたが、やめました。一刻も早く、そちらに戻ることにします】

長州……。

江戸幕府を倒した中心となったのは、薩長土の三藩だった。

とくんとくんと胸が震える。

【実は俺はどこで生まれたのかよくわからないのです。物ごころついたときには親はなく、長州の寺に預けられていました】

親がいない。そんな重大な秘密が、淡々とした文章でつづられていた。

【というわけで、なんの愛着もないとは言いませんが、特に会いたい人もいないのです】

桐野様の字が震える。いや、自分の手が震えているのだ。

【君のお父上は嫌がるでしょうが、俺は長州の志士だった。これは事実です。いずれわかることなので、先に言っておきます】

きっと桐野様の部下の邏卒たちは、彼が長州出身だということを知っているだろう。

どうして今、わざわざそんなことを打ち明けるのか。

私は桐野様がどこの生まれでも、ご両親がいなくても気にしない。

でも、お父様は違う。

長州と聞けば体中に発疹が出るくらいに嫌っている。

【では、また会える日までお元気で。　馨】

他の情報は頭に入ってこなかった。

ただただ、桐野様が長州派志士だということに衝撃を受けていた。

彼は倒幕に加担した人……。

「ああもう！　だめようた前向きになって。彼がどこ出身だろうと一緒よ」

桐野様とは、たまに会って世間話をするだけの中。

結婚するわけじゃないんだから、出身なんてどうでもいいのよ。

手紙を懐にしまい、歩き出した。

そうよ、私は結婚なんてしないわ。

もう新時代だもの。私も働いて勉強して、自立するのよ。

目的の旅籠の前に着き、ホッとした。戸板には相変わらず、求人の張り紙がしてあった。


数日後。

早朝に起きた私は水汲み、掃除、お汁粉の仕込みを終え、お父様を揺り起こした。

「お父様！　私は今日から新しいお勤め先に行きますから！　あとはよろしくお願いしますね！」

「新しい……？」

「昨夜説明しましたよ。ではっ」

寝ぼけているような父を置いて私は家を飛び出した。

ふたりで汁粉屋を続けるより、ひとりは外で働いた方が稼げる。

めでたく例の旅籠で採用された私は、基本朝から夕方まで飯炊きや給仕をすることになった。

見習い期間を終え、仕事ができると判断されたら、旅籠で寝起きできる役目に昇進可能だそう。

旅籠なので当然夜もお客さんがいる。夕方から朝方まで働く人も、増やしていきたいとのことだった。

その方が働く時間が長くなるので、収入も高くなる。しかも夕餉がタダで出され、仮眠もさせてもらえるらしい。他の店の条件は知らないけど、ここはいい方だと思う。

「おはようございますっ。よろしくお願いいたしますっ」

元気よく挨拶をすると、早速姉さんかぶりをした女性が私にいろいろと指示を出してきた。

「新入りだからって、手取り足取りなんでも丁寧に教えてもらえると思ったら大間違いだからねっ」

「はいっ」

とりあえず昼餉の仕込みということで、漬物を薄く切るという任務を負った私は、一心不乱に漬物を切り続けた。

「早いね」

「ありがとうございますっ。次はこのお芋ですか?」

「そう。皮むきを頼むよ」

「はいっ」

料理は八歳になる前から続けてきたので、お手の物だ。

調理器具など、なにがどこにあるのかわからないので最初は苦労したけど、作業に入ってしまえば難しいことはなかった。

常に忙しいので、わざわざ新入りをいじめにくる暇な人もいなかった。

私は作業をしながら周りを観察し、誰がどのような力関係か把握しようと目を光らせる。

どこの集団にも、絶対に逆らっちゃいけない人や、派閥があったりするものね。

とにかくなるべく長く勤めることを目標にして頑張ろう。

そうして七日後。

なんとか旅籠の時間の流れに慣れてきた。

しかし、体は疲れ切っていた。気を張っていたせいもあるのだろう。

フラフラと家路を辿り、日が沈む直前に倒れ込むように家の戸を開けた。

「ただいま帰りましたぁ」

障子の向こうにいるはずのお父様からの返事はない。

またお酒を飲んでゴロゴロしているのかしら。

あーあ、こうして頑張って働いて帰ってきて、ただ寝ているだけのお父様を見るのは気が重いわ……。

　家事を全部やれなんて言うつもりはないけど、一切なにもやっていないから腹が立つ。せめて洗濯ものを取り込むくらいはしてほしい。

　どうせ今日も、なにもやってないんでしょうね……。

　期待せずに障子を開けると、いつも横になっているお父様が珍しく座っていた。

　暗くなってきた部屋で、書き物でもしているのだろうか。紙が床に散乱している。

「なにをなさっているんです？」

　後ろ姿のお父様に問いつつ、一枚の紙を拾いあげてぎくりと背が震えた。

　それは、紛れもなく桐野様の筆跡。桐野様の手紙だった。

「ちょっ……」

　見つからないよう、私専用の行李の奥に隠しておいたのにどうして。

　跪き、散乱した手紙をかき集める私の手を、お父様が摑んだ。

「なんだこれは。誰だこの桐野という男は」

　私を見下ろすお父様の顔が、怒りで歪んでいた。

「私を追剝ぎから救ってくれたお方です」

「追剝ぎ？」

「高屋敷様のお琴の指南役を辞めることになった日です」

心配をかけないよう、お父様にあの日のことは説明していなかった。追剝ぎに襲われたこと、桐野様に助けてもらったこと、その後も気にかけてくれていることを話すと、お父様はますます眉を吊り上がらせた。

「その邏卒といつの間にか通じていたのか。なんとはしたない娘だ」

「通じてって……私と桐野様の間にはなにもありません」

手紙の中にも、そのような内容はなかったはずだ。けれどお父様は、私と桐野様が男女の関係にあると誤解しているみたい。

いったいどうして。

考えるとすぐ、川路さんの顔が浮かんだ。

きっと彼が、私に想い人がいることを、お父様にしゃべってしまったんだ。

「川路さんになにを吹き込まれたのです」

「一方的に懸想だなどと、たわけたことを。調べてみれば、この通り。なぜよりによって長州者などと！」

お父様は私の手を放し、肩を突いた。

よろけた私は体勢を崩し、手紙が膝の上に散らばる。

「やっぱり川路さんに聞いたのですね。仕方ないじゃありませんか。私はこの手紙をもらうまで、彼が長州の人だなんて知らなかった」

「白々しい」

「本当です。あの方はお国訛りもなく」

ぎろりとにらまれ、反論は封じられた。

お父様にとって、知っていたか知らなかったかは、どうでもいいのだ。

「金輪際この男とは会うな。縁談がなくなる」

手紙をかき集めたお父様は、ぐしゃぐしゃとそれを丸めた。

「やめてくださいっ！」

大事にしていたのに。

桐野様への想いも、手紙も、どうしてそんなに簡単に丸めて捨てようとするの。

私はお父様の手に爪を立て、手紙を離させた。

「なにをする！」

「お父様こそ。一方的にお慕いしていることがそんなにいけませんか。この方は私の恩人です。私が危険な目に遭っていたとき、お父様は出かけてお酒を飲んでいました」

絶対に渡すものか。私は丸まったままの手紙を懐に押し込んだ。

「私のことをなにひとつ助けてくださらないお父様と違い、この方は私を憐れみ、手を差し伸べてくれるのです」

「なんだとお前、父親に対して」

「家族も守らず、寝て愚痴ばかり言っているのが父親ですか！」

大声を張り上げると、お父様は沈黙した。

顔は真っ赤で、怒りをどう言葉にしていいのか、考えているようだ。

「残念ですが、私はお父様の子。最底辺の没落士族です。桐野様には不釣り合いでしょう。あの方が私を望んでくれることなど、ないのです」

私の言葉はお父様だけでなく、私自身の心を滅多刺しにして傷つけていた。

どんなにお慕いしようとも、この恋が叶うことはない。

縁談は、双方の家に利益がなければ成立しないのだから。

それ以前に、桐野様が私を選ぶはずがないのだ。

自分で抉った胸が痛くて、涙が零れた。

「うたっ、手紙を出せ！」

怒りに震えていたお父様が、とうとう手を出してきた。

「嫌ですっ」

たとえ叶わない想いだろうと、簡単に捨てられるわけがない。

私は、彼のことを想っている。

桐野様がくれたものは、なにひとつお父様には渡さない。

床に丸まった私をなんとかしようと、お父様の拳や手のひらが背中を打つ。

それでも耐えていた、そのとき。表の戸が開く音がした。

「なにをしている！」

低い声が聞こえた。

顔を上げると、なんと桐野様がブーツのまま座敷に上がり、お父様の腕を摑んでいた。

「自分の娘を打つとは何事ですか！」

追剝ぎに対するような冷酷な目ではない。

彼は怒りに燃える目で、お父様をにらみつけていた。

「お前っ……お前が桐野か！」

桐野様はお父様の手を放し、跪いて私を背に隠す。

帰ってきた。桐野様が帰ってきて、私に会いに来てくれた……。

私はその広い背中に縋る。涙が彼の制服に染みた。

「娘をたぶらかしおって！」

お父様は火鉢をかき回す火掻き棒を持ち、尖った先端を桐野様に向ける。

「やめて、お父様！」

私は桐野様の前に、両手を広げて立った。

「たぶらかされてなどおりません！　私が勝手に、お慕い申し上げているだけです！」

怒鳴ると、ぐいっと肩を強く引かれた。

「危ない。俺の後ろにいろ」

いつの間にか立ち上がっていた桐野様が、私を彼の背後に回した。

「突けるものなら突くがいい」

猛禽類のような鋭い目に見つめられ、お父様は圧倒されたのか、力なく火掻き棒を床に放った。

「帰れ」

背を向けて布団に座り、吐き捨てる。

またただ。受け入れられないことがあると、思考を閉ざして周囲のすべてを拒否する。

「うた、俺と一緒に来い。こんなところにいてはいけない」

肩を摑み、桐野様が私に囁く。

彼は私のことを気遣って、そう言ってくれるのだろう。

しかし今は、それすらつらかった。

「いいえ、大丈夫です。親子ですもの」

逆上することもあるけど、お父様は根っからの小心者。

きっと、妻の忘れ形見である私を打つことはできても、殺すことはできない。

「しかし」

「お願いです。お帰りください」

待っていたのに。

本当は、桐野様にもう一度会える日を心待ちにしていたのに。

私の気持ちを知られた以上、平気な顔で会うことはできない。

「お帰りください！」

涙が溢れて止まらなかった。

こんな形で、初めての恋が終わるなんて。

両手で顔を覆うと、視界が暗くなり、なにも見えなくなった。

「……うた」

名前を呼ぶ彼の声が、切なく響く。

まるで彼が傷ついたみたいに、低い声がわずかに震えていた。

「今日のところは失礼する。また、いずれ」

ゆっくりと桐野様が去っていく靴音を聞きながら、私は泣いた。

きっと、私たち親子の在り方に呆れたことだろう。

桐野様は優しいからああ言ってくれたけど、きっとこんな親子に今後も関わろうとは思わないはずだ。

彼に再会することは諦めよう。もう同情はいらない。

私が欲しているのは……。

崩れ落ちた私は顔を伏せて泣いた。

いつまでも嗚咽は止まらず、喉がひくついた。

そんな私が背後にいるのに、お父様は木像みたいにぴくりともしない。

きっと私が怒りに任せて傷つけたせいだ。

もう、なにもかもが虚しかった。

私が必死で守ってきたのは、いったいなんだったのか。

わからないまま、夜は過ぎていった。

ふたりきりの夜

私が昼間働きに出ることにより、汁粉屋は閉店状態になっていた。

無論、お父様がなにもしないからだ。

材料の仕入れもしなくなってしまったので、お汁粉も作れない。

それでも、私が働きに出る方が稼ぎは多かった。

母が亡くなったとき私はまだ八歳で、お父様は私を育てながら汁粉屋をしていたはずだ。

それがいつの間にか年々無気力になり、私だけが働いている状態になっていた。

もう、このお店に意味はない。

そもそもやりたくなかった商売を、私を育てるためにしてくれていたお父様には感謝している。

今はギクシャクしているけど、いつも通りの生活をしていたらそのうち前のように戻るだろう。

「行ってきますね」

お父様の背中に声をかけて今日も家を出ていく。

桐野様を追い返してしまってから、もう十日が経っていた。

これでよかったんだ。

彼に会ってから、私は自分の生き方に疑問を持つようになってしまった。

それから私とお父様の仲も変わった。ううん、ずっとくすぶっていた不満に火が点いてしまったのだ。

桐野様に会わなければ、私はきっと働き者で父親思いの純粋なうたのままでいられた。

だから、これでよかったんだ。

私は明るく前向きな私に戻る。もうぐじぐじと悩まない。

もう、彼には会わない。


今日も旅籠は忙しい。

朝から夕方まで働いて、体はへろへろだった。

姉さんかぶりをほどいて帰ろうとすると、女将さんに呼び止められた。

「うたちゃん、悪いけど居残ってくれない？　今夜はお客様がいつもより多くてね」

どうやら今夜は酒宴を開く団体客が来ていて、人手が足りないみたい。

「でも私、家が遠くて」

「使用人部屋に泊まっていけばいいよ。食事も出す。そして明日は休みにしよう」

「やります」

食事と聞き、私は即答した。

正直、家ではろくなものを食べていない。

お父様には最低限の滋養を摂らせようとしている分、私は我慢しているのだ。

お酒をやめてくれたらお父様の体にもいいし、家計にも優しいのだけど、私がなにを言ったって聞きはしないだろう。

「ありがとう。ところでうたちゃん、あんた姉さんたちから話を聞いていない？」

「話？　なんのですか？」

姉さんたちとは、他の働き手のことだろう。ここは女性が多く、あとから入った者は前からいる者を姉さんと呼ぶ。

首を傾げる私に、女将さんは微笑んだ。

「もっと給金をもらえる働き方があるんだよ。うたちゃんの頑張り次第では、今の倍くらいになるかもしれない」

「えっ！」

給金が倍。それはどういうことだろう。

夜通しの番もあると聞いたけど、倍とまではいかないらしいし……。

「興味があるなら……」

「おおい女将さん、ちょっといいかい」

「なんだい。あ、うたちゃん、少し休憩したら厨房に入って。食事は仕事が終わったら出すから」

「はい」

女将さんは番頭に呼ばれて行ってしまった。

給金倍の働き方って、結局どういうことなんだろう。

それだけもらえるってことは、それだけ苦労があるってことなのかしら。

はて。ま、いいか。お仕事のあとに夜番の姉さんに聞いてみよう。

私は休憩をとり、厨房に戻ることにした。

団体客が来る予定の時間になるまで、あっという間だった。

私たちは大急ぎで料理を器に盛り、お膳に並べ、座敷に運ぶ。

あまり早すぎても料理が冷えきってしまうし、お客様が来てから出し始めたんじゃ遅いし、難しいところだ。

「お、重い～」

「落とすんじゃないよ」

五段積んだお膳を持って、均衡を崩さないように慎重に運ぶ。

いつもより神経も力も使うので、すぐに肩や腰が痛くなってきた。

普段は使わない体の筋が、悲鳴をあげているのを感じる。

姉さんたちと一緒にお膳を並べ、腕が軽くなったところで勢いよく立ち上がると、立ち眩みがした。

ふらりとよろけたけど、壁に寄りかかって事なきを得る。

「大丈夫？　お料理蹴ったりしないでよ」

「すみません。いきなり立ったものだから」

きつい吊り目の姉さんは私をにらみ、「軟弱なんだから」と吐き捨ててさっさと先に戻ってしまった。

私、朝からずっと働いているんで疲れているんです……とは思ったけど、言わないでおいた。

ちゃんと休憩したし、お給金をもらった分はきちんと働くのが当たり前だ。それに今夜は忙しい。倒れている暇はない。

厨房に戻ると、裏口から三人の女性が入ってきた。夜番の女性だろうか。見かけたことがない。

女性たちは着物姿にきちんと化粧をしており、髪は昔ながらの日本髪。油でつやつやとしている。

やけに襟が抜けているのは気のせいかな。

それに、いつまでも前垂れも姉さんかぶりの手ぬぐいもつける様子がない。

厨房を抜け、使用人部屋に入ろうとする女性のひとりが私に声をかけてきた。

「ん？　あんた新入り？」

「あ、ご挨拶が遅くなりました。最近入りました、うたと申します」

姉さんにはちゃんと挨拶しなきゃね。

ぺこりと頭を下げて顔を上げると、三人の女性は私をじろじろと見て言った。

「貧相な体だね。ちゃんと働けるの？」

「色気もないし」

「でも、かわいい顔をしているよ。こういう子が好きな人もいるんじゃない？」

私は誰に答えればいいのかわからず、ぽかんと口を開けてしまった。

痩せているのはまあ心配になるだろうけど、色気や顔は仕事に関係あるのかな？

「まあ、頑張りな」

ぽんぽんと肩を叩き、女性たちは使用人部屋に消えていった。

えっと……手伝ってくれないのかな。まだ夜番の時間じゃないってことかな。

「うたちゃん、お酒追加！」

「は、はいっ」

広間から声が飛んできた。私は徳利を乗せたお盆を両手に持って走る。

と、入り口から入ってきたお客さんと目が合った。

「あ」

お盆を持ったまま、私は固まった。

戸を開けて入ってきたのは、着物姿の桐野様だったからだ。

彼はひとりで、目を丸くして私を見ていた。

お客さんとして来たのかしら。まさかこんなところで会ってしまうとは。

「いらっしゃいませ。おひとり様ですか？」

番頭がやってきたので、私は我に返り、そろりそろりとその場から去ろうとする。

さすがにまだ気まずい。顔を見ただけで、泣きそうになった。

それなのに、体は勝手に彼の声に聞き耳を立て、視界の端で姿をとらえてしまう。

「ああ。賑やかだな」

「宴のお客様がいらっしゃるんで。おひとり様なら、部屋が空いてますが」

番頭は手もみをして桐野様を見上げる。

どんなに忙しくても満室になるまではお客さんをとろうという商売魂、お見事。

お父様にも少しは見習ってほしいものだ。

「ああ、頼む。給仕はそこの娘を」

桐野様が私を指さした。

驚き固まる私の前で、番頭も桐野様と私を見比べる。

「左様ですか。しかしこの娘は……」

口ごもる番頭。

すると後ろから騒がしい声が聞こえてきた。

「あらあ、初めてのお客様？」

「相方はもうお決まり？」

さっきの夜番の姉さんたちが、私と桐野様の間に割って入ってきた。

相変わらず襟は抜けっぱなしで、前垂れはつけていない。

変わっていることといえば、簪が派手なものになっていることと、甘いお香のにおいがすること。真っ赤な紅を唇にさしていた。

どう見ても力仕事をする格好じゃない。まるで遊女だ。

「その子を頼む」

桐野様が再度私を指さすので、姉さんたちも驚いたようだ。

「すみません、この子は賄い方なんですよ」

「新入りで、なにもわかってません。私の方がお楽しみいただけます。早く行きな」

ひとりの姉さんが私をにらむように見た。

相方？　お楽しみって？　ただ給仕をするだけじゃないの？

もしや、この姉さんたちは踊りや三味線などでお客さんをもてなす芸者さんのようなお仕事の人なのかしら。

なにがなんだかわからないけど、このまま逃げさせてもらおう。

宴席にお酒を届けて部屋を出ると、女将さんが廊下に立っていて驚いた。

「うたちゃん、ちょっと」

手招きをされたので近づくと、耳打ちをされた。

「給金倍の話、覚えてるね？」

「あ、はい」

「今夜からどうだい」

「えっ。どういうことですか？　なにをすればいいんです？」

きょとんと見上げる私に、女将さんは微笑んだ。

「給仕のついでに、お客様のお相手をするんだよ」

「お相手？」

「そう。お酌をして、お着替えを手伝って、一晩布団の中でお相手するんだ」

え……それって。

私はお盆を落としそうになった。

それって、お客様と寝る……つまり、夜伽をする代わりにお金をもらえるってことだ。

ひと昔前まであった、飯盛旅籠（めしもりはたご）と似ている。いや、まるきりそれじゃないの。

「で、でもそれって禁じられているんじゃあ」

こっそり売春をする飯盛女は明治四年に廃止され、代わりに政府公認の遊郭ができたはず。

ぶわっと脂汗が顔じゅうに滲む。

そんな宿だとは知らなかった。しかし、さっきの姉さんたちの格好を見れば納得がいく。

「野暮なことを言うんじゃないよ。金が必要なんだろ？」

女将さんの声が、ぞっとするほど冷たくなった。

「あのお客様のお相手をするか、今夜でここを辞めるか、ふたつにひとつだ」

「そんな」

「どうする？」

ひとかけらの慈悲さえも感じない女将さんの声に、背筋が震えた。

私を飯盛女にしたいというより、桐野様を逃がしたくないという執念を感じる。

あれだけ立派な殿方だもの。上客になってくれるよう、ご機嫌をとろうと思うのだろう。

「わ、わかりました。お相手をします」

相手は桐野様だ。どうしてこんなところに来たのかは知らないけど、彼は警部補。法に背くようなことはしないはず。

うなずくと、女将さんは満足そうに微笑んだ。

「よし。初めは怖いかもしれないけど、すぐに慣れるからね。あのお客様を逃がすんじゃないよ。女は度胸だ」

バンと背中を叩かれて廊下を戻ると、番頭が待っていた。

三人の姉さんはこっちを見たが、ぷいと顔を背ける。

どうやら桐野様が私を指名したことが面白くないらしい。

私は指図されるままに料理が載ったお膳を持ち、桐野様が先に入ったという二階の部屋に向かった。


深く息を繰り返し、なんとか心を落ち着けてふすまを開ける。

「失礼いたします」

そこはなんの変哲もない、小さな部屋だった。

布団が一組だけ敷かれている。

部屋の隅に、桐野様が胡坐をかいて座っていた。その目が私を射貫く。

「どうしてこのようなところにいる」

低い声は、まるで私を責めているように聞こえた。

そういえば、手紙の中で「勤め先は俺が紹介するから、評判がよくわからないところに勤めないように」と書かれていたっけ。

川路さんに縁談の話をされ、焦ったのはたしかだ。そのときはこんな店だって思わなかったんだもの。

「お金が必要ですので」

静かに言って膝をつき、横から桐野様の前にお膳を置いた。

「座ってくれ」

お膳から離した手を摑まれ、胸が震えた。

桐野様が、珍しく私を見上げている。

私は抵抗せず、すとんとそこに座った。

桐野様は私の手を離すと、つ、とお膳を私の方へ動かした。

「これは君が食べろ。痩せ方が尋常じゃない」

「そんなこと……」

たしかに少しあばらが浮いてきてはいるけど、まだ全然動けるし、それほど痩せている自覚はない。

辞退しようとしたとき、ぐううとお腹が大きく鳴ってしまった。

「ほら。働きづめなんだろう。さては眠れていないな。顔色も悪い」

恥ずかしさでうつむく私に、彼はずいとお膳を近づける。

「うう……」

たしかに、さっきふらっとしたっけ。

でも、疲れているって自覚したら、もう動けなくなっちゃいそうなんだもの。

「俺はさっき家で食べてきたから気にするな。食べなければ、他の飯盛女を呼ぶとしよう」

「えっ」

「それからここで起きる一部始終を君に見てもらうことにする」

桐野様の真意が読み取れない瞳にぞっとした。

ここで、他の女を抱くところを見せつけるですって？

そんなの嫌。拷問じゃない。誰が他人の、しかも想い人のそういう現場を目撃したいものですか。

「そんなの嫌です」

「じゃあ食べるんだ」

有無を言わさぬ圧力に負け、私はのろのろと箸を取った。

「いただきます」

まだ温かい料理を口に運ぶ。

朝から、いや、ここのところろくなものを食べていなかったので、お出汁の香りやお米の甘みが体に染み渡るようだ。

「うまいか」

「はい。この煮物、自分で作ったんですけど」

それを聞いた桐野様は、ずいと身を乗り出した。

「それだけ、ひとくちくれ」

「えっ」

「君の作ったものだけ」

な、な、なんて無防備な姿なの！

私の前で、大きく口を開ける桐野様。期待を込めたような瞳で私を見ている。

私は箸でつまんでいたニンジンを落としそうになってしまった。

必死で自分を落ち着かせ、慎重にニンジンを桐野様の口に運んだ。

彼は口を閉じ、もぐもぐとそれを咀嚼した。

「うん、やはりうまいな。ごちそうさま」

「もういいんですか？」

「ああ」

他にも焼き魚や汁物があるので、煮物だけ全部食べてもらっても……と思ったけど、やめた。食べかけをすすめるなんて、よくないよね。

じっと私を監視している桐野様を待たせないよう、もくもくと食べ続けた。

あまり急ぐと普段から早食いだと思われてしまうので、加減が難しい。

やっと食べ終わり、お膳を片隅に置くと、桐野様が私の方に体を向けた。

向かい合った私に、彼は言う。

「さて、本題に入ろう」

「本題？」

「俺は君を買った。朝まで君は俺のものだ」

びくりと体が震えた。

まさか、本当にそういう目的で私を買ったの？

警部補なのに、違法なお店で女を買うの？　もしかして、お店から賄賂でも受け取っているのかしら。

頭の中が混乱して、うまいこと声が出ない。

「き、桐野様は」

シッと唇の前に人差し指を出す桐野様。

「ここでは馨と」

そうか、ここでは桐野警部補の名前を知られてはいけないのだ。

警部補がこんなところに出入りしていると警察の偉い人に知られたら、大変なことになるものね。

ということは、彼はお店と繋がっているわけではなさそう。繋がっているなら、名前を隠す必要はない。

「馨様は、なぜここに」

見上げると、馨様の顔が息がかかりそうなほど近くに寄ってきた。

「なぜ？　妙なことを聞く。もちろん、君を買うためだ。本当にこの旅籠にいるとは思わなかったが」

どくんと胸が跳ねた。

ここでは私と彼のふたりきり。誰も邪魔する人はいない。

苦しいくらいに暴れる胸を、どうすることもできない。

馨様の視線に耐えられず、私はしりもちをついたような姿勢で、ずりずりと後退する。

カタカタと体が震える。泣きそうな私をにらむように見つめ、馨様が追いかけてきた。

立ち上がった馨様に壁際に追い詰められる。

逃げ場をなくした私の前に座った馨様は、また小さな声で囁いた。

「怖いのか。自棄を起こしてこんなところで働くからだ。泣こうが叫ぼうが、店の者は助けてくれない。金を払った相手がどんなに嫌いでも、従うしかないんだ」

およそ彼の口から出たとは思えない非情なセリフに、背筋が震える。

こんな人だとは思わなかった。

この前は私を助けてくれたのに。ずっと優しかったのに。

本当は、違法な店で、貧しい女性をお金で買うような人だったのね。

「ならば、好きにしてください」

悲しさで胸が張り裂けそう。

だけどここで私が逃げたら、きっとお店に迷惑がかかる。

こんなお店だけど、今まで給金を日払いでくれた。契約通りの金額だった。そのおかげで、私たち親子は生きられたのだ。

覚悟しよう。

しかし、こんなふうになるとは今日まで夢にも思っていなかったので、体が震えてたまらない。

きっと、このまま着物を脱がされたら泣くだろう。

私は男女の関係というものがどういうものか、詳しくは知らない。

けど、着物を脱いで肌を合わせるということだけは、汁粉屋のお客さんのお話から聞こえてきたことがある。

どんなに怖くても、耐えるしかない。

ぎゅっと拳を握って下を向いていたら、ぽんと頭に温かいなにかが乗った。

「なにか誤解しているようだが」

おそるおそる顔を上げると、眉を下げた馨様と目が合った。頭に乗ったのは、彼の手だ。

「安心しろ。誰かに買われる前に俺が保護しようと思った。それだけだ」

馨様の困ったような顔を見て、羞恥が顔に上る。

彼は私を保護するために、こうして話をするために、お金を払ったのだ。

勘違いして、逃げてしまった。

なんという自意識過剰。恥ずかしすぎる。

さっきの「泣こうが叫ぼうが」っていうのも、どんなに怖い仕事か、教えてくれていただけ。

体から一気に力が抜けた。

言葉を失った私の肩に顎を乗せるようにして、馨様は低い声で言う。

「俺は潜入捜査でここに来た。違法行為が行われているという噂が、以前からあってな。昨日までは部下が調べていたんだが、君に似た人がいたと聞いて、居ても立ってもいられなくなった」

そこまで話し、馨様は顔を離した。

ふすまで仕切られているとはいえ、どこで誰が聞き耳を立てているかわからない。だから小さな声で話したのだろうけども。

ち、近すぎた。息が首筋や耳にかかって、そこらじゅうが燃えるように熱い。

本名を知られたくない理由は、ここを調査する目的で宿泊したからだったんだ。

「捜査のついでに、私がいるかどうか確かめにきてくれたのですか」

「ああ。いたら是が非でも辞めさせようと思ってな。援助ならいくらでもするから、こんなところで身を落とすのはやめてくれ。自棄になるなと手紙に書いただろう」

ああ、「自棄を起こさず」ってどういう意味かと思ってたら、そういう意味だったのか。

馨様は、私が貧困の末に売春する可能性もあると、心配していたのね。

「自棄になどなっていません。私は今の今まで、ここがそういうところだと知らなかったのです。さっきも、お店に迷惑をかけまいとして承諾しただけで」

「そうか」

私の手を握り、馨様は心の底から安堵したような、深いため息を落とした。

「じゃあ、まだ君は、客を取ってはいないんだな」

必死でこくこくとうなずく私を見て、彼はやっと表情を和らげた。

「それはよかった。少し安心した」

そっと触れられた頰が、一瞬で火鉢のように熱くなる。

「心配していてくださったのですね……」

あの夜に、すべてが終わったのだと思った。

あれほどみすぼらしく情けない姿を見られて、きっと馨様はもう私のところに現れてくれないと諦めていた。

なのに、私が違法な店に勤めているかもしれないと噂を聞きつけ、飛んできてくれたんだ。

じわじわと胸が温まるのを感じる。

「それはそうだが、それだけじゃない。君に会いたかったんだ。あれからもそれ以前からも、ずっと君に会いたかった」

馨様はそう呟いた。

「どうして……」

そんなに気にかけてくれる理由がわからない。

私はひたむきでも前向きでもない、ときには父親を傷つけることもある、ひどい人間だ。

「どうしても。自然と会いたいと思った。どこにいても、君のことを考えるとここが温かくなるんだ」

馨様は私の手を取り、自分の胸に当てた。

「きっと、君が俺とは正反対の人間だからだろう」

「そうですか?」

「そうだ。君はすぐに人を疑わず、信用する。純粋とかそういうこともあるだろうけど、信じる強さを持っているのだと思う」

彼の言っている意味がよくわからない。

首を傾げると、彼は私の手を放して言った。

「俺には、昔から人を疑う癖が染みついているから」

寂しそうに笑う彼の顔に、心が軋んだ。

そういえば、彼は物ごころついたときにはもうご両親はおらず、お寺に預けられていたという。

そういう出自が関係しているのかな。

黙って彼の顔を見返す。彼は瞼を伏せ、ゆっくりと開けて言った。

「俺は人斬りだった」

重い言葉の響きに圧倒され、なにも言い返せない。

人斬りって……。

「維新志士と言えば聞こえはいいが、俺がやっていたのはただの人斬りだ。俺は長州の手足となり、幕府側の要人を暗殺する任務を負っていた」

幕末の京都には、幕府側の人間と尊王攘夷を唱える長州藩を中心とした維新志士がいた。

幕府側の組織……たとえば会津藩お預かりの新選組などは、過激な尊攘派を駆逐しようとし、尊攘派は自分たちにとって邪魔な幕臣を暗殺しようとした。

幕末の動乱期、京都では毎日人が斬り殺されたという。

「大政奉還され、戊辰戦争が起きたのは知っているな」

「はい」

旧幕府軍と新政府軍の戊辰戦争の始まりは、京都郊外で起きた鳥羽伏見の戦いだ。

「鳥羽伏見から俺は上の命令で表舞台に出た。暗殺をする必要がなくなったからだ」

「正面切って戦えるようになったのですね」

「その通り」

馨様は話を切り、視線で周りを気にするような素振りを見せた。

「大丈夫だ。今は誰もいない」

姿が見えずとも、気配で誰かが近くにいるか感じ取れるらしい。さすがと言うべきか。

「とにかく、暗殺稼業を辞めてすぐ剣を捨てた。時代は銃や大砲が主役になっていた」

旧式の武器しか持たず、まだ刀や槍で戦う者も多かった幕府側は、鳥羽伏見で大敗を喫した。

「五稜郭を落として、長かった戦が終わった。やっと平和な時代が来ると思った。俺は畑でも耕そうとしていたんだが、いつの間にか新政府に就職することが決まっていた」

逃がしてもらえなかった、と馨様は残念そうに言った。

彼は決して、望んで人を殺していたわけではない。そう感じるような、心底残念そうな顔だった。

「どうしてでしょう。ご一新は終わったのだから、解放してくれればよかったのに」

「そりゃあ、俺が長州の黒い秘密を知っているからだろう。後々暗殺の事実を公表されたりしたら大変だ。口の軽い人斬りは、早々に暗殺された」

私はあんぐりと口を開けた。

国を一新するのだ。そりゃあ綺麗なことばかりではなかっただろう。

でも、藩のためにと働いた人をあっさり暗殺するなんて。ただの使い捨てじゃない。

「人斬りってのは、使い捨てできる身分の異常者ばかりだったからな」

「そんな」

「事実、人が斬りたくて仕方ないというやつもいた。血飛沫や悲鳴に興奮するという異常な性癖の持ち主だった」

淡々と恐ろしい話を続ける馨様。

生きてきた世が違う。そう実感せざるを得なかった。

生まれたときからひとりで、周りの誰が敵か味方かわからない、そんな世に生きていたら、疑り深くなって当然だ。

「死にたくはなかったから、結果これでよかったのかもしれない」

「死にたくないですか」

「ああ。斬り殺した人々のためにも、新時代を見守ろうと決めていた」

だから彼は、新時代を守る邏卒になったのだ。

「一昨年の鹿児島征討で、刀を持った抜刀隊に抜擢された。元新選組隊士もいた」

「えっ。そうなんですか」

「会津で戦っていたそうだが、どういう縁か警察に入ったんだと」

会津といえば、多くの犠牲を出しながらも新政府軍と戦い続けた幕府側の藩だ。

「彼は素晴らしい使い手だった。彼と一緒に、抜刀隊は予想以上の成果を上げ、評価された俺は警部補を拝命した」

元新選組の剣豪と、幕末最強の人斬りが協力して戦をしていたとは……。

驚きの事実に、私はぽかんとするしかできない。

「そんな俺でも、怖くはないか？」

顔をのぞきこまれ、我に返った。

彼はじっと、私の目を見ている。

「怖くはありません」

私はうなずいた。

「俺は何十人も殺した」

「そりゃあ、お侍さんですもの」

戦はひとりではできない。

人斬りは褒められたことじゃないし、当時の馨様に出会っていたら怖くて逃げ出していたかもしれない。

でもつらい戦を乗り越えて今ここにいる馨様は、新時代の人々を見守る、優しい人だ。

「私にこんなに情けをかけてくれるあなたを、怖いなんてどうして思えるでしょう」

今だって、私を助けてくれた。

もっと冬が厳しくなって、体も心も追い詰められたら、私は他の誰かに体を売っていたかもしれない。

馨様はいつも私の危機を救ってくれる。

過去は過去、今は今。

私にとって馨様は、優しい人なのだ。

「ほら、君は俺のような者も信じてくれる」

珍しく、馨様が端正な顔に微笑みを浮かべた。

目じりの笑い皺さえ、尊い模様に見えてくる。

「強いんじゃないです。疑う余裕がないんです」

生活に困窮しているから、手を差し伸べられるとうれしくなってしまう。

その手を離さないよう、必死に縋っているだけ。ただそれだけのこと。

結果、身売りの手前まで来ていたのだ。

「でも、馨様のことは本当に信じています」

彼は身の上のことまで話してくれた。

きっと愉快な記憶ではないだろうに。

「そうか。では、俺の言うことを聞いてくれるか？」

「はい？　どういったことでしょう」

突然彼がなにかを企んでいる顔になったので、戸惑う。

「ここを辞めて、うちの屋敷で働かないか。もちろん給金は出す。住み込みで働いてもらうが、お父上の面倒も見る」

「ええっ」

突然すぎる申し出に、私は驚く。

馨様のお屋敷にはあのどくろのおばあさんと、もうひとり下男がいるはず。

ご主人がひとりのお屋敷に、下男下女が三人も要るかしら?

「さすがにそれは甘えすぎです」

どんなに貧しかろうと、馨様に迷惑はかけられない。

私は自立すると決めたのだ。ここを辞めて、まっとうな職を根気よく探して、お金を貯めながら勉強する。

元新選組だって邏卒になれる。ならば私だって、もう少しマシなものになれるかもしれない。

「俺は君に甘えてほしいんだ」

「できません」

「このままでは生活を立て直す前に、君がボロボロになってしまう」

彼は眉根を寄せ、私の頬にそっと触れた。

痩せたって言われたっけ。そういえば、さっきふらっとしたのも滋養が足りなかったせいかも。

　気力だけでは乗り越えられないものもある。

「それでも私はあなたと対等でいたいのです」

　憐れみを受ける側にはなりたくない。優しさと憐れみは別物だ。

　これ以上馨様と関わったら、彼に迷惑をかけ続けてしまう。

　やはりここで終わりにしよう。私の恋も一緒に。

「あなたはお金を支払いました。私を好きにする権利があります」

「うた」

「どうぞ、お好きになさってください。店が受け取ったお金の分だけ、私はお務めを果たします」

　声が震えないよう、細心の注意を払った。

　堂々と胸を張って正座をし、正面から向き合う。馨様は眉を下げて瞳を揺らがせた。

　どうしてそんなに悲しそうな顔をするの。

「もっと自分を大事にしてくれ」

　馨様は私の肩に触れようとし、寸前でその手を引っ込めた。

「言っただろう。俺は人斬りだ。この手で君を汚すことはできない」

私は必死で首を振る。

「あなたは優しい人です。罪は消えないけれど、それを背負って必死に生きている」

「うた……」

「私はそんなあなたをお慕いしています。汚らわしいなどと、決して思いません」

恐ろしい話を聞いたあとでも、私の想いは変わらない。

「私は元幕臣の娘ですが、薩摩の人も長州の人も恨んではいません。今の生活が苦しいのは、お父様の心が弱かった結果です。誰のせいでもありません」

決然と言い放つ私を、馨様は黙って見ていた。

だって、そうでしょう。

お父様は全部外国や新政府が悪いって言うけれど、それは言い訳だ。

元幕臣の誇りを持った人たちだって、新しい時代の中で自分なりの正義を見つけ、生きている。

五稜郭に立てこもっていた元幕臣は新政府の要職に就いていると言うし、元新選組だって、元人斬りと一緒に戦った。

お父様はただ嘆いているだけで、なにもしなかった。新しい技能を身につけることもなかった。

そんなお父様を、可哀想だから、仕方ないから、と甘やかしてきたのは私だ。

私たちが困窮しているのは自業自得。維新志士を恨むのは筋違いにもほどがある。

「君は……強いな」

ぽつりと零し、馨様は微かな笑みを口元に浮かべた。

「君の気持ちはうれしい。俺も君を妻に迎えられたら、どんなにいいかと思っている」

そっと手を握られ、体温が上昇した。

今、馨様はなんて……。

「好きだよ、うた」

どくん、と大きく胸が跳ねた。

「俺も君に懸想している」

そんなまさか。

私は大きく目を開いて彼の目を見つめる。

人を疑えない気性のせいか、彼の瞳に同情や冗談の色は見えなかった。

「だから、ここでは君を抱けない。法に触れているとわかっていてそれをすれば、君も罪人になってしまう」

落ち着いた低い声を聞いているだけで、ぽろぽろと涙が溢れてきた。

「どうして泣く」

「う、うれしくて……」

「恐ろしいの間違いじゃないのか」

ふるふると首を横に振る。

恐ろしいだなんてこと、あるわけない。

私のような小さな存在を認めてくれたことがうれしい。

他人の前にいつも壁を作っているような馨様が、私を受け入れてくれた。

きっと、彼はずっと孤独だったのだ。

「俺はいまだに、新政府の監視下に置かれている。情報を漏らそうとすれば、すぐに暗殺されることだろう」

「あなたはそんなことしません」

「それに、幕府側の人間からは多大な恨みを買っている。薩摩の人間からもだ。誰かが報復に来ないとは言い切れない」

「あ……」

暗殺は馨様がなにもしなければそうそう起きないとして、報復はたしかにないとは言い切れない。

彼は維新を陰から支えた人だ。元幕臣らからしたら、仇敵と呼べるだろう。

「それはちょっと、怖いですね」

「そうだろう。やはり巻き込まれたくはないよな」

「いえ、そうではなく。馨様が誰かに傷つけられるかもしれないと思うと、怖くてたまりません」

うちのお父様には想像もできない怖さだろう。

馨様は幕末からずっと、いつ襲われるかわからない恐怖と戦ってきたのだ。

「私が、馨様の力になれるでしょうか」

迷惑はかけられないと思っていたけど、馨様が背負っている心の重荷を、一緒に背負えたら。

一緒にいる時間を増やすことで、ホッとできる瞬間が少しでも増えるのなら。

さっき別れを決意したばかりだけど、もし私が彼に迷惑をかけるだけでないのなら、一緒に生きていきたい。それが私の本心だ。

「もしそうなら、私はあなたの申し出を受けます。馨様のお屋敷で働きます」

そう言うと、馨様の顔がパッと輝いたような気がした。

満面の笑みではない。むしろ驚いているようだったけど。

「そうか。そうしてくれるか」

「しかし、お父様の分まで援助を受けるわけにはいきません。あのどくろ……じゃないや、おばあさんと同じかそれ以下の給金で働かせてください」

「なぜ？」

「私がお父様の生活まで面倒を見ていただいているとわかったら、昔から働いている方は面白くないでしょう」

嫁ぐのならまだしも、働き手として入るのなら、先輩の顔を立てないとね。

馨様は冷静になったように、うんとうなずいた。

「君がそう言うならそうしよう。準備ができたら迎えに行く。そのとき改めてお父上と話すよ。とにかくここには明日からもう来ないように」

「明日から……なんて言って辞めればいいんでしょう」

「俺が女将にうまいこと話すから、心配しなくていい」

結局はすぐにでもここに警察の調査が入るということだろう。

こっちの件がいち段落したら、彼が迎えに来てくれる。

私はそれまで、じっと家で待っていよう。

馨様の大きなお屋敷で働くことを想像すると、期待に胸が膨らんだ。

あの息苦しい家から出て、馨様のそばに行ける。

親不孝だと思う。ひとり残されるお父様が哀れだとも。

でも、私の人生は私のものだもの。

お互いに依存している今の状態から抜け出さなきゃ。

迎えに来たときにお父様と話をしてくれると、馨様は言った。

こんなに優しくて素敵な人が、私を想ってくれるなんて、信じられない。夢みたい。

気を抜くと、ボーッと馨様の顔を見つめてしまう。

「静かになったな」

彼が呟き、ハッとした。たしかに、一階からしていた騒ぎ声がなくなっている。

宴が終わったのだろう。そのまま宿泊する者は客室に移るはず。片付けをする使用人が立てているのであろう物音だけが聞こえた。

「さあ、君はその布団で寝るんだ。俺はこのあと仕事があるから、仮眠だけする」

「えっ」

一組しかない布団を指さされ、私は面食らった。

まさかそれは承諾できない。お客様の、しかも馨様の布団をぶんどって先に寝るなんて。

「目の下が青い。せっかくのかわいい顔が台無しだ」

そっと親指で目の下をなぞられ、胸が盛大に煽られた。

か、かわいいって……馨様に言われたのは初めて。

「でも、馨様のお布団ですから」

本当は飯盛女と客が一緒に寝るための布団だ。

もう一組持って来させたら、さすがに怪しまれる。彼は密偵なのだ。目立つ行動はしないに限る。

「俺はみんなが寝静まった頃に動き出す。こちらの方が都合がいい」

そう言い、馨様は壁に背をもたれかけさせて座った。

「野営には慣れているから心配ご無用」

「そうは言われましても……」

「正直、この布団だと足が飛び出てしまうんだ。うちにある特注の布団でないと眠れなくてね」

たしかに、身の丈が六尺を超えている馨様は、一般の旅籠の布団だと長さが足りないかも。

冗談か本気かわからなかったけど、私は笑ってしまった。久しぶりに笑ったような気がした。

前から思っていたけど、異国の人のように大きな馨様は、どこにいても目立つ。人斬りや密偵には向かないのでは？

そんなことを思ったけど、口にする前に彼は蝋燭の火を消し、瞼を閉じた。

窓から差し込む月光が、私の前に彼の影を落とす。

どうあっても、私をひとりで寝かせるつもりみたい。

やつれた私を心配してくれているのだろう。

寝るだけなら一緒に寝てもいいけれど、彼が大きいからきっと、ふたりとも布団からはみ出てしまうわね。

「ありがとうございます。おやすみなさい」

私はそろそろと、着物を脱ぐ。馨様が瞼を閉じていても、胸が騒いだ。

着物をたたんで襦袢だけになり、布団の中に入る。

ふかふかのそれは、家のせんべい布団とは違い、まるで春の日差しの中にいるような温かさだった。

カビや、お父様の体のにおいや、お汁粉のにおいはしない。

ああ、あったかい。幸せだなあ……。

疲れていたからか、私は一瞬で眠りの世界に落ちてしまった。


翌日、私が起きたときには、馨様はすでに出発の支度を整えていた。

慌てて起きて髪と着物を整え、朝餉を厨房に取りに行くと、女将さんにつかまった。

「うた、昨夜はどうだった。大丈夫だった？」

「え、あの……」

女将さんは彼が警察の人間とは知らない。

ただひとりで布団を占領して寝たなどと、言わない方がいいだろう。不自然に思われる。

「だ、だ、大丈夫でした」

「そうかいそうかい。大きい人だったから、壊されたりしてないか心配だったんだよ。悲鳴も聞こえなかったから、うまいことといったんだと思ってたけど」

壊されたりって……女の人を買って、殴ったりする人もいるってことよね。ひどいものだわ。

馨様がそんなに乱暴な人に見えたのかしら。だとしたら心外だ。

心配していたとは言いながら、女将さんはなぜかニヤニヤしている。

「とても優しい方でしたよ」

さらっと答え、出されたお膳を持つと、厨房の男性が悲しそうな顔でこちらを見ていた。

「俺らのかわいいうたちゃんが女になっちまった……」

どういう意味かしら。私はもともと女だけど？

とにかく、おしゃべりしている暇はない。

私は階段を上がって部屋に戻った。

馨様は昨夜、私が眠っている間に夜番の目をかいくぐり、この店の調査をしていたはず。

しかし顔には疲れた色もなく、平常通りだった。

「うたがここで寝ていたということは、うた手製の煮物はないのだな」

そう言ったときだけ少し残念そうだったけど、彼はもくもくと朝餉を平らげ、すぐに部屋を出た。

「おはようございます。昨夜はいかがでした？」

階段を下りていくと、女将さんが待ち構えていたように声をかけてきた。

「世話になった。相談があるのだが、聞いてもらえるか」

馨様は女将さんを手招きする。彼女が近くに寄ってくると、彼は囁くように言った。

「この子をもらい受けたい。そちらの言い値で買おう」

なんですって！

驚きで声が出そうになったけど、なんとか堪える。なにか考えがあるのだろう。

「いやそれは、さすがに」

女将さんは渋るように首を傾ける。

人身売買をしてはさらに法に触れるからかしら。これ以上危ない橋は渡りたくないのかも。

「そう言わず、頼む。この子を他の男に触れさせたくない」

「あら……それほど慕われるなんて、あんたは幸せ者だね」

女将さんが目を細めて私を見る。なんて答えたらいいかわからず、黙ってうつむいた。

「これでどうだろう」

馨様は懐から札束を取り出し、そっと女将さんの手を取って握らせた。

周りの目を気にしている素振りを見せるあたり、さすがだ。

女将さんは札束を素早く数え、にっこりと笑った。

「よござんす。差し上げましょう」

本人の意志も聞かずに即決。馨様、いったいいくら払ったんだろう。

ハラハラする私に余計なことを言わないようにか、馨様が目線を送ってくる。

「では、これでこの子は本日をもって退職ということで。くれぐれも内密に頼む」

「もちろんでございます」

さらに昨夜の宿泊代金を支払い、店を出ていく馨様を見送る。

「では、また必ず会いに行く。待っていてくれ」

「はい」

こくりとうなずくと、馨様も口元に薄く笑みを浮かべた。

去っていく広い背中を見ていると、なぜだか泣きそうになる。

もっともっと、話したいことがたくさんあるのに。

迎えに来てくれるという言葉を信じて待つしかできないことが歯がゆい。

とぼとぼと店に戻ると、女将さんが笑顔で私の肩を叩いた。

「うた、おめでとう。いい旦那さんを見つけたね。他の人には言うんじゃないよ」

姉さんたちに聞こえないよう、耳打ちしてくる女将さん。

私は申し訳ない気持ちになった。

この店には、遠からず公の調査が入る。売春をしている者も、斡旋していた店も、お咎めなしというわけにはいかないだろう。

もしかしたら、みんなが職を失うかもしれない。

そして私だけがそれを知っていて、逃げるのだ。

「短い間でしたが、お世話になりました」

私は女将さんに挨拶し、沈む気持ちで家に帰った。朝日が目に染みて、涙が滲んだ。

馨様が迎えに来てくれたら、彼のお屋敷で働ける。

それだけが、心の支えとなっていた。


そういえば、朝帰りなんて初めてだ。

私は家の前まで来て、中に入るのを逡巡していた。

お父様、起きてるかしら。

旅籠にはもちろん、うちにも電信が使える機械があるわけがない。

連絡できなかったけど、本当に仕事だったのよ。

そう言って信じてくれるだろうか。それとも、興味がないと言われるだろうか。

ええい、いつまでも家の前でウロウロしていても仕方ないわ。

決心し、そっと入り口の戸を開けた。

「ただいま帰りました」

狭い土間に入ってすぐ、私は信じられないものを見た。

なんと、お父様が起き上がっていたのだ。髭も剃られており、髪も洗ったようで、嫌なにおいがしない。

「ああ、うた。お前どこに行ってたんだ」

「昨夜は宴があって、お店に泊まったんです。夜遅くまで忙しくて……」

「そうか。無事でなによりだ」

お父様は安堵のため息を吐き、笑った。

私は何度も瞬きをして、その顔を見返す。

笑った。笑ったのだ。ずっと無気力だったお父様が。

「お父様こそ、なにがあったのです。相当いいことがあったようにお見受けしますが」

「いや、なに。別にな。たまには洗濯でもするか」

お父様は自分の着物を桶に入れ、出かけていった。

呆気に取られた私は、もぬけの殻となった家を見回した。

どうしたんだろう。もののけにでも取りつかれたのかしら。

その後数日、お父様の機嫌のよさは続いた。

なんと彼は、家じゅうの掃除を始め、せんべい布団を干し、破れた障子に自ら紙を貼った。

私が旅籠を辞めたと聞いても、「どうして」と聞いただけ。

実は飯盛旅籠だったのだと言ったら「そりゃあ災難だったな。辞めて正解だ」と笑った。

怖い。怖すぎる。

何年も心の病で起き上がるのも億劫だった人が、いきなり元気もりもりになったので、うれしいというより不気味で仕方がない。

「お父様、いい加減教えてください。その上機嫌の理由を」

少なくなった頭髪の伸びている部分を切ってくれと言われたので、三郎さんに鋏を借りてきた。

背後から質問した私に、お父様はもったいぶって答える。

「驚くぞ、うた」

「なんなんですか」

「聞きたいか」

「早くおっしゃってください」

「お前にいい縁談が舞い込んだんだよ」

ぴたりと手が止まってしまった。

私は鋏を置き、お父様の顔をのぞきこむ。

「今、なんと？」

「縁談だよ、縁談。なんと、華族様のご子息が、お前を気に入ってくださったんだ」

心底うれしそうに笑うお父様の顔を見ていたら、急に目の前が暗くなったような気がした。

「驚きすぎて声も出ないか。ほら、お前が琴を教えに行っていたお嬢さんのお兄さんだよ」

おまさちゃんのお兄さん……高屋敷宏昌さんのことか。

ますます意味がわからなくて、私はくらくらする頭を押さえて座り込んだ。

最後のお勤めの日、彼はわざわざ私を追いかけてきてくれたっけ。また会いたいとも言ってくれた。

でも、そこまで仲が良かったわけじゃない。まともにお話ししたのもあの最後の日だけ。

なのになぜ私のことを気に入ったの？

「川路さんが余計なことをしたのですね」

「余計とはなんだ。川路殿は高屋敷家ともともと交流があったのだ。そこでお前の話を出したら、宏昌さんが乗り気になってくれた」

出さなくていいのに。

たしか宏昌さんの上にもお兄さんがいて、その人は立派な跡継ぎに成長しているという話じゃなかったかしら。

遠くに住んでいるらしいので見たことはないが、おまさちゃんがそんな話をしていた。

おまさちゃん曰く、宏昌さんは病弱な上におとなしい性格で、彼のお父さんから見たら、少し頼りない存在なのだとか。

いや、宏昌さんの為人（ひととなり）はどうでもいい。どんな人であっても、縁談を承諾するわけにはいかない。

「私はか……桐野様をお慕いしていると申し上げたはずです」

「長州者のことなど忘れろ。あいつらは畜生にも劣る」

上機嫌だったお父様の顔色が変わった。

前にも見た、怒りと憎悪に満ちた顔だ。

「川路殿がその男のことも調べてくれた。あれはやめておけ。お前の手に負える相手ではない」

「彼が人斬りだったという話ですか」

お父様の目が、驚きで見開かれた。

「お前、知っていてもなおあの男に惚れていると言うか」

長州の人斬りといえば、旧幕臣から見たら、嫌悪の対象でしかない。

それはわかる。わかるけど、もう時代は変わった。官軍だの賊軍だの言っている時代は過ぎたのだ。

「あの方は、快楽のために人を斬っていたわけではありません。人斬りといえば、新選組だって一緒じゃないですか」

「新選組？　あれは田舎浪士の寄せ集めだ。こちら側だったなどと言ってほしくないわ」

あくまで旧幕府は清廉潔白、薩長を卑怯で野蛮な仇敵にしたいらしい。

「お前は若いから知らぬだけだ。知らぬから、騙されているのだろう」

「お父様こそ、桐野様のなにを知っているのです」

「知っているさ。あやつは人斬り。長州は薄汚い盗人だ」

どこまでいっても、私たちの思考は交わることはないらしい。

諦めていたはずだったけど、やはり悲しくなる。

「私、この家を出ます」

ぽつりと言って立ち上がった私を、お父様が見上げた。

「結婚などしません」

「なにを言っている。宏昌さんと結婚すれば、我が家は安泰なのだぞ。お前も奥方様とかしずかれ、なに不自由ない人生を送れるのだ」

長州の人はだめで、元公家の華族ならいいのか。公家の中には長州に味方した者も多くいたのを忘れたのか。

川路さんが絡んでいるとのことなので、おそらくその辺りは調査済みなのだろうけど、納得はいかない。

「かしずかれずとも、構いません。私は、お嫁になど行きません！」

叫ぶと、お父様は目をむき、右手を振り上げた。

思わず両手が顔の前に出る。

しかし、その手が飛んでくることはなかった。

「もう決まったことだ」

お父様は私の横をすり抜け、財布をとり、懐に入れた。

そして家を出ていこうとする。

「お待ちください。話はまだ……」

入り口までついていった私に、お父様は振り返って怒鳴った。

「頭を冷やせ、馬鹿者！」

あまりの剣幕に驚き、数歩後ろに下がった。

目の前で戸が閉められる。

まただ。お父様は私と対話しようとしない。

自分に都合の悪いことが起きると、途中で投げ出し、逃げてしまう。

でもこの問題だけは、時間は解決してくれない。

お父様を追いかけようと戸に手を伸ばすと、外側からガシャンと重い音が響いた。

「えっ……？」

なに、今の音。

「お父様？」

戸を引っ張ってみるが、開かない。押しても引いても叩いても、ぎしぎしと音を立てるばかりで動かない。

まさか、最近やけに家の内外をせっせと補修していると思ったら……。

「鍵をかけたのね！」

今までは鍵などというものはうちになかった。

夜は内側から棒を突っ張らせておくだけ。昼間はお父様もいるし、お客さんも来るしで、基本開けっぱなしだった。

油断した。お父様は、おめでたくも病んでもいなかった。ちゃんと狡猾な意志を持っていた。

私が宏昌さんとの縁談を了承しなかったときのため、逃げられないよう、軟禁できるように、うちを改造していたんだ。

窓に嵌められた格子を憎らしく見ながら、裏の戸へ向かった。

しかしすでにお父様が外から回りこんだのか、そちらでもがしゃんと絶望的な音が響いた。

「ひどいわ！」

まさか、家の中に閉じ込められるとは思わなかった。

「お父様！　出して、お父様！」

「ならぬ。お前はここで反省せよ。母の位牌を抱いてな。嫁入りの日には迎えに来る」

「いやよ！　私は結婚なんてしないわ！　ここから出して！　出してちょうだい！」

どんなに戸を叩いても、叫んでも、外からの返事はなかった。


四日後。

お父様はどこからかわからないが、毎日うちに通って来ているようだった。

かろうじてネコが通れるくらいの小さな窓の穴からわずかな食料だけを投げ込み、去っていく。

窓に格子をつけるとき、なぜそこだけ小さく四角に切り取ったような穴を開けているのか不思議だった。

尋ねても、お父様は「風の通りをよくするだけ」と言っていた。

今思えば、このためだったのだ。

なにも気づかなかった私もマヌケだったが、お父様にいたってはもっとマヌケだ。

私がこんなことでへこたれると思わないでよね。

貸本屋さんでもらった本はまた売れるようにか紐で束ねられていたけど、なんとか残っていた。

それを読んで時間を潰していると、格子を拳で叩くような音がして振り返る。

「うたさん、いるかい」

格子の隙間から見えたのは、妹さんの着物を譲ってくれた邏卒だった。

「あ、えと……」

腰を上げて近づくと、彼は「坂本(さかもと)です」と名乗った。

格子の向こうから、彼は私に問う。

「桐野警部補のお遣いで参りました。あの違法旅籠の件と他の任務で多忙になってしまい、なかなか来られないそうで」

「まあ」

馨様は私に手紙を送ろうと思ったが、坂本さんに行ってもらった方が確実で早いので、言伝をお願いしたらしい。

「しかしこれはどういうことです。内側からではなく、外から鍵をかけられている。まるで牢獄だ」

坂本さんは心配そうにこちらをのぞきこむ。

間違いない。ここは牢獄だ。

「お父様にされたのです。無理やり、意に染まぬ結婚をさせられそうになっていて……私が逃げると思ったのでしょう。いきなり軟禁されました」

「それはひどい」

坂本さんの眉が吊り上がる。

「警部補に報告しておきます」

「でも警様はお忙しいのでしょう？」

「警部補の愛する人の危機じゃありませんか。報告せねば僕が怒られますよ」

坂本さんは細い格子の向こうで、突然きょろきょろと周囲を気にする素振りを見せた。

「誰かが近づいてくる」

「お父様かも。早く行ってください」

「承知。では、これを」

お父様と坂本さんが鉢合わせたら、またややこしいことになりそう。

坂本さんも理解してくれたようで、懐から白い封筒を取り出し、格子の間から差し入れた。

「御免」

あっという間に坂本さんの姿が、格子の向こうから消えた。

足音をさせずに去っていくあたり、さすがだ。

もしや、坂本さんは元御庭番？　なんてね。

代わりに、聞き覚えのある、引き摺るような足音が聞こえてきた。

私は坂本さんが行った方ではなく自分に注意を向けさせようと、声を張り上げる。

「お父様！　うたは手紙を書きました！」

足音が近づいてきたので、格子の間からお父様に手紙を投げ落とした。

昨夜、やり場のない怒りを紙にぶつけておいたものだ。

私の気持ちは変わることなく、このままだと舌を噛んで死んでやると書いた。

うちには刃こぼれはしているけど包丁もあるし、首を吊る帯だってある。

せいぜい焦るといいんだわ。死ぬ気なんてさらさらないけど、お父様だって娘の私をこんなふうに陥れた。私だって容赦はしない。

私が死んだら、華族との縁談はなくなり、お父様は援助も働き手も失い、路頭に迷うしかなくなる。

さあ、どうする。

私が死ぬ前に解放するしかないわよ。

お父様は格子の外で立ち止まり、手紙を拾って去っていった。

足音が聞こえなくなり、私はやっとその場に座った。

坂本さんからもらった封筒を見ると、馨様の筆跡で「うたへ」と書かれていた。

暗く沈んだ心が明るく照らされる。

封を開け、中の手紙を開いた。

【うたへ。　近いうちに迎えに行くと言ったのに、待たせてすまない。元気にしているだろうか】

馨様、私の状態を坂本さんから聞いたらびっくりするだろうな。

読み進めると、違法旅籠はもう女性に売春をさせないことを約束し、罰金を支払うことで、一か月の営業停止ののちに再開することが許されたと書いてあった。

また、馨様が私を退職させるために支払ったお金は調査費用として、警察が徴収した罰金から返金されたという。

そうか、ではみんなが路頭に迷うわけではないのね。

ホッとした私は、次の文字に目を動かす。

【あの日の君の寝顔が脳裏から離れません。早く君を呼び寄せたい。今準備をしているから、信じて待っていてほしい】

旅籠で過ごした一晩は、私の今までの人生で最も幸せな晩だった。

私はどんな顔をして寝ていたのかな。

こそばゆい気持ちで次を読む。

【君に懸想をしているという気持ちに嘘はない。出張中も、君との手紙のやりとりが唯一の心の癒しでした。

そして、俺の過去を知ってもなお、態度を変えず、慕っていると言ってくれる。無防備な寝顔を見せてくれる君を、決定的に愛してしまった】

ほくほくと温まっていた胸が、突然沸点を迎えた。

愛する、とは最近の言葉だ。英語で言うと、らぶ。

これは男女間の恋心の上級編だと思っていいのよね？

【できればすぐにでも我が妻に迎えたいところだけど、君はとても頑固なので、ゆっくり口説くことにします。覚悟をしておいてください。では、準備ができたら迎えに行きます】

最後に【馨】という名前で手紙は終わった。

私は信じられない気持ちで、何度も手紙を読み返す。

すぐにでも、我が妻に……。

そうできたら、どんなにいいだろう。

私だって、馨様の妻になりたい。宏昌さんのお嫁さんなんて嫌。

早く、早く迎えに来て。

私は馨様からの手紙を、彼の代わりに強く抱きしめた。


次の日。

お父様がいつ来るかと気にしつつ、ほつれた着物を繕って時間を潰していた。

いくらぼんくらでも、お父様だって人の親だもの。娘が死ぬと思ったら、なにかしらの接触を図ってくるはず。それが脱出の機会だ。

「いやだわ、降るのかしら」

朝起きてから、ずっと薄暗い。

いつも明るさでだいたい何時かを想像していたので、今日はまったく見当がつかない。

お腹が空いてきたから、多分お昼頃だと思うのだけど……。

格子の外をのぞくと、ぽつぽつと雨が降り始めた。

ほどなく雨脚は強まり、ざあざあと滝のような音が響くほどになった。

他の音は聞こえず、自分が本格的に世間から隔絶されたような錯覚に陥る。

馨様、今どうしているかしら。

お父様め、食料だけでなく、新聞でも投げ込んでくれたらいいものを。

ふうと小さくため息を吐いたとき、外で泥を踏むような音がした。

怪訝に思って立ち上がると、入り口の戸が叩かれた。

もしや、馨様？

期待に胸を弾ませ、急いで戸に近づく。

「どなた？」

ドキドキしつつ問うが、返事はなかった。

代わりにがちゃがちゃと鍵をいじくっているような音がする。

お父様？　ならいいけど、盗賊や強盗だったらどうしよう。

私は数歩後ろに下がり、台所に置いてある包丁の近くに待機した。

ぎいいと古い戸が遠慮がちに開く。隙間から顔をのぞかせたのは、お父様でも賊でもなかった。

「あなたは……」

「やあ、久しぶりだね」

戸が外から閉まった。また鍵をかけられる音がした。

閉じ込められたにもかかわらず、余裕の表情で傘をたたむのは、宏昌さんだった。

洒落た洋装姿だ。まるで、政府のお役人みたい。

円筒状の帽子に、蝶ネクタイ。胸には懐中時計の鎖が光っている。

背広といい、その中に着たベストといい、この家には不似合いすぎる。

「お父上から聞いていると思うけど……照れくさいな」

宏昌さんが近づいてくる。私はあとずさる。

私が嫌がっているということは聞いていないのだろうか。にやけたような笑顔が不気味だ。

「な、なぜです」

「なぜ?」

「なぜ、私なのです。他に素敵なお嬢さんはたくさんいるはずです」

彼は次男だが、由緒正しい華族の出だ。

没落士族の娘ではなく、同じ華族や、政府要職についている士族のお嬢さんの方がふさわしいのに。

「母もおまさも、君のことが大好きだと言っていただろう？」

「はい……」

「僕もだよ。おまさと君のレッスンを、いつも陰から見ていた。君は優しくて前向きな、素敵な人だ。そして、とてもかわいい」

れっすんってなにかしら。お琴の稽古のことかしら。

それはともかく、陰から見ていたですって？

「気持ち悪い……」

心の声が、口からまろび出てしまった。

「おお、体調が優れないのか。それはよくない。僕が診てあげよう」

自分のことを言われているとは露ほども思わないのか、宏昌さんは不自然に両手の指を動かしながら近づいてくる。

よからぬものを感じ、私は背を向けて逃げた。

とは言っても狭い家の中。宏昌さんの手から何度も逃げるが、ついに壁際に追い込まれてしまった。

「うたさん、僕の気持ちはわかっているだろう。君も素直になるといい」

貼り付けたような笑顔で迫ってくる宏昌さん。

「では、素直に言います。他にお慕いしている人がいます」

壁に背中をつけたまま往生際悪く左右に逃げる私がハッキリ言うと、宏昌さんの眉が不快そうにぴくりと動いた。

「どうか、こんな不埒な娘のことは忘れてください。他のお嬢さんと幸せになって」

そうよ、素直に白状して嫌われればいいんだ。

単純に考えた私のセリフに、宏昌さんは肩を震わせた。それでも顔はなんとか平静を保とうとしているように見える。

「それがなんだい。外国の貴族の夫婦は、お互いの浮気を黙認するんだそうだよ。僕だって君が誰かに懸想するくらい、気にしないさ」

いや気にしてよ。あなた日本の人でしょうよ。

どこの国の貴族の話か知らないけど、徳川様の世では、不倫はご法度だったんだから。

「いいえ、いけません」

「僕は広い心の持ち主だよ。気にしないで僕のものにおなり」

宏昌さんが両手を広げ、覆いかぶさるようにしてきた。

「いやっ!」
壁に両手で柵をされ、逃げられなくなった。
押しのけようとするが、ろくなものを食べていないせいか、力が出ない。
特に大きい体格でもない宏昌さんの力に勝てず、無理やり床の上に倒された。
このためだったのか。
お父様が家の外ばかりでなく、中も細々と修繕していた理由。
最初から、この家で私を無理やり宏昌さんのものにするつもりだったのだ。
彼に見られても恥ずかしくないよう、家を整えていた……。
がばりと乱暴に襦袢ごと襟を開かれ、息が止まりそうになった。
両の胸が、彼の目の前に曝け出される。
「夢にまで見た、かわいい乳……いや、かわいいうた。さあ、素直におなり」
ひょっとこのように唇を突き出してくる宏昌さんから逃れようと、必死で横を向く。
「いやああっ、放して!」
涙がこめかみをつたって床に落ちた。そのときだった。
家の外で、誰かが言い争う声がした。
宏昌さんが私の両手を床に押し付けたまま、顔を上げて戸口の方を見る。

するとバアンと大きな音がして、戸が内側に倒れてきた。

その上を踏みつけるようにして、遠慮なく中に入ってきたのは——。

「馨様っ」

制服姿の馨様が、サーベルを片手に入り口に立っていた。

「邪魔をするな！」

お父様の声がした。後ろから馨様に飛びかかるが、彼が後ろに引いた肘に腹部をしたたかに打たれ、ぐうと唸って座り込む。

「娘が泣いて叫んでいるのに助けないのか。それでいつまで武士を気取る」

冷ややかにお父様を見下ろした馨様の目には、ひとかけらの慈悲も感じなかった。

その憎悪に満ちた目が、今度は宏昌さんをにらむ。

「どこの誰かは知らぬが、婦女暴行の現行犯で逮捕する」

「ええっ！」

宏昌さんは悲鳴にも似た声をあげ、素早く私の上から飛びのいた。

「ち、違う、僕とこの子は夫婦になるんだ」

「彼女は拒否している」

「ぐっ……僕を誰だと思っているんだ。高屋敷家を知らないのか。邏卒のひとりやふたり、いつだって潰せるんだぞ」

　わあわあ喚く宏昌さんを、馨様は冷淡な視線で一瞥した。

　彼の視線には、侮蔑と憐れみがこもっているようにも見えた。

「ではその由緒正しき家の名を汚さない行動をとることだ」

　きっぱり言われた宏昌さんは、ぐうの音も出ないようだ。

　ふるふると震えながら、馨様を見て突っ立っている。

「馨様……！」

　自由になった私は、彼の方へ駆けた。

　直前まで恐怖で固まっていたので、人形のようなぎこちない動きだった。

　彼の元に辿り着くと、強く抱きしめられる。

「遅くなってすまない。怖かっただろう」

　彼の方が怖い思いをしたかのように、低い声に哀切が交じる。

　私はうなずき、彼の胸に顔をうずめた。

「行こう」

　彼は私に羽織っていた長い外套を着せ、横抱きにする。

「待てっ、人攫いっ」

腹を打たれたお父様が苦悶の表情を浮かべ、うずくまったまま抗議する。

「現在、本官は強姦されそうになった婦女子を保護した。上に報告することもできるが、どうする？」

お父様も宏昌さんも、馨様を取り巻く触れただけで切れそうな空気に圧倒され、反論できなくなっていた。

大股で家を去る馨様に、私は必死で縋りついた。


雨はやむことなく降りしきっている。

「すまない、俺が遅れたばかりに」

馨様は雨から守るように、ずっと私を抱いていてくれた。

追剝ぎに襲われた竹藪を抜けると、彼は足を止めた。

「待たせたな。屋敷まで頼む」

薄く目を開けると、小型の馬車が止まっていた。濡れた馬の鬣から雫が垂れている。

おそらく、彼はお屋敷からここまで馬車で来て、待たせておいたのだろう。

彼は米俵のように私を担ぎ、馬車の座席に座らせた。

馬車は小型でありながら、西洋のもののように、座席が箱型になっていた。

小さな箱が、私たちを雨から守ってくれる。

「出してくれ」

馨様が合図をすると、馬車はゆっくりと動き始めた。

元気なときであれば、初めての馬車の乗り心地に驚いたり喜んだりしただろうが、今はそんな気になれなかった。

ただただ恐ろしさで身を震わせる私を、彼は黙って温めてくれていた。


馬車から降りた私たちを出迎えたのは、あのどくろみたいなおばあさんだった。

馨様が大きな声を出して呼ぶまでもなく、まるで私たちが馬車を降りるのを見ていたような早さで、彼女は門を開けた。

「あんれまあ！」

強い雨の中、傘を持たない私たちは、馬車から降りた途端に濡れてしまった。

馨様は私を横抱きにしたまま、門の中に入る。

彼のブーツが水を跳ねる音が聞こえた。

庭を通り、瓦屋根の立派な武家屋敷が見えてくる。

「そのうち働きにくると言っていた、うただ」

「ああ、里芋の君だべな。この前は元気だったんに、今日はどうしたんだべ。顔が真っ青じゃ」

里芋の君って、私のことか。

髪がほどけ、外套をかけられた裸足の私を見て、ただごとではないと思ったのだろう。

おばあさんが私に枯れ木のような手を伸ばす。が、馨様がそれを避けるように後ろに退いた。

「すまないが、しばらくそっとしておいてくれ。奥座敷には誰も近づかぬように」

おばあさんが落ち窪んだ眼窩の奥の目を見開く。

「……承知」

私を労るように見ただけで、おばあさんは詳しい事情を聞かずに屋敷の奥に去っていった。

やっぱり、前に訪ねたときと同じで、不思議と足音がしなかった。

「あれは口うるさいが、よく仕えてくれる。トミという」

「トミさん……」

馨様がブーツを脱ぐ間、広い玄関の式台に座って待っていると、水の入った桶を見つけた。

私は自分の裸足の足を見る。屋敷に入る前に洗わなくちゃ。

「なにもしなくていい」

桶に手を伸ばそうとすると、馨様に制された。

なんと彼は隣に座り、私の足を水にひたした手ぬぐいで拭き出した。

左手で足を持ち、右手で拭う。

「馨様！　そんなことをなさってはいけません」

馨様ともあろう人が、女の足を洗うなんて。

「騒ぐな。すぐに済ませる」

男の人に足を触られるなんて初めてで、恥ずかしさに耐えられず顔を覆う。

そのとき、上がった肩から馨様の外套がずり落ちた。

「いやっ……」

宏昌さんに着物をむかれたままだったことを、今思い出した。

むき出しの肩から乳房が、外気に晒される。

馨様は手ぬぐいを置き、外套を摑むと、乱暴に私の頭からそれをかけた。

必死で外套を手繰り寄せる私は、再び宙に浮く。

彼が黙って、私を横抱きにして屋敷の中に入っていく。

庭に面した廊下を通り、突き当たった部屋のふすまを開けた。

ここが一番奥の座敷なのだろうか。

馨様の寝室になっているのか、床の間の前に特別に大きな布団が敷いてあった。

「寒いだろう。脱ぎなさい」

彼は私の頭からかけてあった濡れた外套を取り去る。

なんとか乳だけはしまった姿で、私は彼の前に立った。

着崩れた着物の裾が、畳につく。

「それも。全部だ」

「えっ」

「今から君を、俺の妻にする」

彼は低い声でそう言うと、私を抱き寄せた。

濡れた頬を拭うように、彼の大きな右手が頬を撫でる。左手は帯にかかっていた。

我知らず、体がびくりと震えた。

馨様の秀麗な顔が近づいてきたかと思うと、一瞬のうちに唇を合わせられる。

「んんっ」

強引な口づけに、思わず瞼を閉じる。

彼の唇から、熱い吐息が流れ込んできた。

馨様は何度も何度も唇を合わせ、ついに舌を私の口腔内に挿入させた。

濡れた音が口の中で響き、羞恥でなにも考えられなくなる。

完全にほどかれた帯が、畳の上にばさりと落ちた。

「他の男に見られたと思うと、腸(はらわた)が煮えそうだ」

彼は呟き、襦袢姿の私を布団に横たえる。

「あ、あのっ、馨様……」

妻にするとはもしかして、そういう意味なのだろうか。

宏昌さんに迫られたときとはまったく違う意味で、胸が破裂しそう。

「君は俺のものだ。誰にも渡さない」

馨様は制服と中に着ていたシャツの釦を外し、脱ぎ捨てる。

私の上にのしかかってきた彼の体は、剣で鍛えられた筋肉に覆われている。

初めて間近で見た彼の肌には、無数の線がついていた。

「これは……刀傷？」

おそるおそる右肩にある白い傷跡に触れると、彼はハッと我に返ったように目を見開いた。
怖さを感じるほど強引だった彼の手から、力が抜ける。
瞼を閉じ、自分の手で顔を覆った彼は、深呼吸を繰り返す。
まるで、自らを落ち着かせようとしているみたい。
「すまない。怖いか」
いつもの優しい顔に戻った馨様が、おそるおそるといったふうに尋ねた。
開いた彼の目に、もう怒りは感じられない。
獲物を狙う獣のようだった彼の眼光が、嘘のように穏やかになる。
彼はこの体と剣で、維新の修羅場を潜り抜けてきたのだ。
暗殺を繰り返し、戦に出て、今は平和な世を守ろうとしている。
刀を持って誰かと斬り合うのは、どんなに怖かっただろう。
本当は優しい彼だ。人を斬ったとき、どんなに胸を痛めていたのだろう。
もっと早く出会いたかった。
もっと早く私が生まれていれば。
そして、幕臣の娘などではなく、一緒に戦う志士だったなら。
彼が傷を負った夜に、彼を抱きしめてあげたかった。

私は両手を彼の頬に伸ばし、包み込む。

「いいえ、ちっとも。こんなに傷だらけになって……痛かったでしょう。苦しかったでしょう」

彼の瞳をのぞきこむ。その中に映った私がゆらりと揺らいだ気がした。

「痛かったのは、俺が斬った相手だ」

苦しそうに、彼は呟く。

「俺はただの人殺しだ」

視線を逸らした轡様が、体を起こそうとした。

私は自分から、彼の背中に手を回す。

「それでもいい。私はあなたをお慕いしています」

胸がいっぱいで、目じりから溢れた雫が、耳に流れていった。

前にも言っていたっけ。

『言っただろう。俺は人斬りだ。この手で君を汚すことはできない』

彼は自分が斬ってきた人たちのことを、ずっと思い続けてきたのだ。

返り血に塗れた手で、私を抱くのをためらう……それよりも、自分だけが生き抜いて、誰かと幸せになることをためらっているように思えた。

彼の孤独を、私が半分引き受けてあげられたなら。

「あなた以外は、嫌です」

誰かが馨様のことを許さなくても、私は全力で彼を肯定する。

「うた」

優しい口づけをひとつした彼は、ゆっくりと私の襦袢の紐を解いた。

露になった裸体を凝視され、耐えられなくて目を閉じる。

馨様の手や唇が触れた場所から発熱し、溶けていくような錯覚に囚われた。

「うた、力を抜いてくれ」

舌と指で翻弄され、完全にぼんやりしていた私に、彼が熱の塊を押し付けた。

私は体を押し開かれる苦痛から逃れようと、彼の指示に素直に従う。

力を抜いて、深い呼吸をすると、彼がゆっくりと私の中に侵入を始めた。

時間をかけて、私たちは繋がった。

私の淫らな声も、衣擦れの音も、降り続く雨が覆い隠してくれていた。

蜜月

うたを攫ってから、三日が経った。

彼女の父親は、俺のことを知っている。

連れ去る前にも一度会っているし、手紙を見られたようなので、名前も階級もわかっていることだろう。

調べればこの屋敷の住所などすぐにわかるだろうに、まだ一度もあちらから接触はない。

いつ殴り込んでくるかもしれぬと思い、任務中も気になっていたが、今のところ動きはなかった。

それにしても……うたを無理やり手籠めにされかけ、頭に血が上って、早まったことをしてしまった。

彼女の了解があったとはいえ、嫁入り前の娘に手を出してしまうとは。

うただけは、絶対に大事にしようと思っていた。

早まって手を出してはいけないと、自分に言い聞かせていたのに。

旅籠でうたに話したように、自分のような者が、彼女を汚すことを躊躇していたのは、たった一瞬だった。

逆上した俺の頭からは、そのような考えなど吹き飛んでいた。

結果、人斬り時代から積み重ねてきた恨みに、うたの父や高屋敷から、さらなる恨みを買ってしまったのだが、今さらどうしようもない。

俺のような人斬りが、妻を娶ることなどできないと思っていた。

恨みを持つ人物から、いつ攻撃されるかもわからない。

現実に、元人斬りだった者は暗殺されたり、報復を受けて命を落とし、ほとんど残っていない。

老いて死ぬまで、身の回りに置く人間は最低限にして、誰とも深く関わらずに生きていくつもりだった。

だけど、彼女と会ってから、俺の中に新たな感情が湧き起こった。

どんな逆風にも負けず、前を向き、温かく接してくれる彼女に、いつしか惹かれていた。生まれて初めて誰かを愛しいと思えるようになった。

ただ皆川家の状況はだんだんと悪くなっていたようで、飯盛旅籠に勤めていると部下に聞いたときは、寒気がした。

幸い、うたが誰かに汚される前に辞めさせられたからよかったものの、あの父親では本当に身売りせざるを得なくなるときがくるかもしれない。

一刻も早くうたを呼び寄せねばと思っていたが、件の旅籠の調査と他の事件の調査が重なり、いきなり多忙になってしまった。

うたへの手紙を託した部下から、彼女が自宅に軟禁されていると聞いたら、居ても立ってもいられなくなった。

こうなると、自分にうたを妻にする資格がありやなしやと言っている場合ではない。

彼女が慕わぬ誰かに無理やり手籠めにされる前に救出する。

そして、俺が彼女を妻にし、一緒に生きていこうと決めたのだ。

俺が過去を暴露しても、彼女は俺を慕っていると言ってくれた。

それがどんなにうれしいことだったか、彼女は知らないだろう。


初めて枕を交わしてから、六日後。

いつものように布団から起きると、隣に寝ていたはずのうたの姿がない。

しかし俺は慌てずに身支度をし、台所へ向かった。

炊きたての米の香りの中、うたはトミと共に姉さんかぶりをして働いていた。

『あっ、おはようございます』

笑顔で挨拶されると、それだけで頬が緩みそうになる。

「すぐに朝餉を運びますね」

「居間に頼む。トミも成吉も、一緒に食べるといい」

成吉というのは、うちの下男だ。

維新前は長州藩邸で働いていたが、新政府樹立と共に職を失った。

橋の下で暮らし、他人の畑から盗んだものを食べて生活していた彼を保護したのは十年前。今彼は二十七歳。

髪をざんぎりにし、着物を尻端折りして仕事をしている。

六十を越えたトミでは難しい力仕事や、外への使い、庭の整備など、その業務は多岐に亘る。

水瓶に水を汲み入れていた彼は、ぎょっとした顔を俺に向けた。

「ええっ。いや、俺はいいです。ご主人様と一緒に飯を食うなんて、緊張しちまう」

「お気持ちだけでじゅうぶん」

トミと成吉は俺の申し出を断る。

たしかに今まで、俺はひとりで食事をしていた。そういうものだと思っていた。

しかしうたが来てから、その慣習が変わりつつある。

俺は絶対にうたと一緒に食事をとると言う。うたは他のふたりを差し置いて、自分だけ主人と一緒に食事をすることはできぬと返す。

『君は俺の妻なのだから、気を遣う必要はない』

そう言ったが、うたは首を縦に振らなかった。

『正式な妻でもないのに、もうじゅうぶん特別扱いしてもらっています。おふたりに悪いです』

寝床が一緒なだけでも恐れ多いと言われ、俺は頭を痛めた。

うたは思っていたより数段頑固な女性らしい。

そこで考えたのが、みんなで食事をするという宴会方式だ。

諸外国では、家族全員でひとつのテーブルを囲み、食事をするという。

さすがに使用人まで一緒かどうかは疑問だが、うたは気に入ったらしい。しかし、肝心の成吉とトミは、俺がいると緊張すると言い、一緒に食べようとはしない。

「うたさんや、ご主人様の給仕を頼んだえ」

「はい。すみません」

こうして俺たちはふたりきりで朝餉を食した。結局毎回こうなってしまう。

トミたちにも、うたは俺の妻だと思って接するように言ってある。

ふたりとも誠実な性格なので、うたを侮るようなことをせず、仲良くしてくれているように見えた。

「今日はお休みですよね」

櫃から白米を茶碗に盛るうたの目が輝いていた。

彼女を抱いた翌日からも変わらず仕事だった。今日がうたが来てから初めての非番である。

彼女は最初こそ恥ずかしがって顔を見せてくれなかったが、すぐに以前のように話してくれるようになった。

早まったことをしてしまったと反省をしている俺を尻目に、トミに屋敷の仕事を一通り習い、懸命に働いている。

一見元気に見えたが、俺がいない間はそれなりに気を遣って疲れたに違いない。

やっとふたりでゆっくり過ごせると思っているのだろう。

期待に満ちた目から、視線を逸らした。

「申し訳ないが、行くところがある」

「ご一緒してはいけませんか」

「悪いが、今日はひとりで」

話の途中で、うたの表情がみるみるうちに曇った。

考えていることが全部顔に出るのが面白い。

「君の父上と話してくるよ。このままじゃいけないから」

行先を聞いたうたの肩がびくりと震えた。

「……怒って斬ったりしないでくださいね？」

「誰が斬るか」

腰につけているサーベルは任務中しか携帯しないし、日本刀と比べて強度が段違いで弱い。

それでなくても、妻の父親を斬る夫がどこにいるだろうか。

俺は親がないから問題ないが、うたは親の許可がなければ、婚姻の届を出すことができない。関係を修復して、許可をもらわなければ。

うたは少し不安げにうつむく。

あのようなことがあったのだ。父親のことを思い出すだけで胸が痛むのだろう。

「君も父上も、悪いようにはしない。大丈夫だ」

小さな頭を撫でると、うたは顔を上げ、薄く微笑んだ。

親のない俺にはわからないが、うたはどこまでも情が深い性格らしい。

俺ならばあんな親はさっさと捨てて、新しい生活を始めてしまうところだが、うたは父親を捨てない。

捨てきれないというより、そもそも完全に捨てる気がないのだろう。

そこまで娘に心配をかける父親というのもいかがなものか。

挙句、自分の生活のために華族に娘を襲わせた。

考えれば考えるほど腹が立つし、正直このまま野垂れ死んでも俺は一向に構わない。

しかしそれではうたが悲しみ、手放しで幸せになることができない。

俺はうたのために、父親に会いに行くことにした。


うたの家は相変わらず古くさく、土壁のあちこちが剝がれ落ち、ヒビが入っている。

父親が修繕したのだろう。最初に訪れたときよりはマシになっていたが、所詮は素人の仕事だ。すぐに粗が目立つようになる。

うたがいなくなったせいか、なんとなくどんよりとした空気が漂っているように思えた。

入り口の錠は外されており、手をかけると軋みながらも簡単に開くことができた。

「ごめんください」

家の中は、かつて漂っていたうたの料理の香りが消え失せ、かび臭いだけになっていた。

中から返事はない。

まさか、人生を悲観して自害などしてはいないだろうな。

ゆっくりと土間の中に足を踏み入れると、開け放たれた障子から、寝転がっている父親の姿が見えた。

これが彼の基本姿勢なのだろうか。

「ごめんください。桐野です」

もう一度声をかけると、父親は寝たまま体を転がしてこちらを見た。

着物姿なので、誰かわからないのかもしれない。

どんよりとした目を数度瞬かせ、彼は上体を起こした。

数日前に整えられていた髪は、長時間寝ていたせいか天を向いて固まり、無精ひげが伸びている。

「お前っ……！」

怒りを漲らせ、彼は立ち上がった。

座敷から見てやっと、土間に立っている俺と視線が正面からぶつかる。

酒のにおいがする呼気を吐きかけられた不快感を隠し、俺は頭を下げた。

「先日は強引なことをしてすみませんでした」

「おまっ、お前のせいで……」

怒りのあまり言葉がまとまらない様子の父親は、俺を指さしてわなわなと震えていた。

「高屋敷家との縁談は破談になりましたか」

「当たり前だ！　せっかくあの方がうたを気に入ってくださったのに」

「だからといって、嫌がる娘を無理やり手籠めにさせるのはあまりに可哀想です」

父親はぐっと唇を噛んだ。

本当はもっときつい言い方でこの男の精神を抉ってやりたいが、それはうたの望むところではない。

「うたさんは私が預かっています。この先ずっと、私のそばにいてもらうつもりです」

「というと」

「うたさんを私の妻に迎えたいのです」

俺は懐から布に包んだ紙幣の束を出し、彼の目の前に置いた。

「当面の生活費です」

父親は一瞬、手を伸ばしかけた。しかし、すんでのところで首を横に強く振った。

「長州者の施しは受けぬ！」

腹に力が入らないのか、ところどころで声が裏返った。

「施しではありません。うたさんは今、私の屋敷で飯炊きをしてくれています。その給金です」

「給金……」

「今までと同じです。あなたは今までこうして、うたさんに養われてきた」

彼女は出会ったときからひたむきで、健気で、明るくて……そんな彼女に惹かれた。

だが、だんだんと彼女がただの能天気ではないことに気づいた。

彼女は自分が家や父親を守らなければと、虚勢を張っていただけなのだ。

頑張り屋なうたを愛しく思うと同時、痛々しく感じた。

「そろそろうたさんを自由にしてやってくれませんか。もちろん、あなたをこのままにしておく気はありません。あなたが望みさえすれば、住居も整え、下男を雇います」

「しかし……」

「娘さんの幸せと、ご自分の矜持と、どちらが大切ですか」

昔から、武家にとって政略結婚はごく当然のことだった。

だからこの父親も、当然のことをしただけだと思っているだろう。

だけど、俺は認めない。

女性が家のいいなりになり、泣き叫びたい思いを押し込めて、嫌いな相手の妻になる世の中を維持するために戦ったのではない。

誰もが自由に生き方を選択できる時代を作るため、俺は人を斬ってきたのだ。

「時代は変わりました。私たちも変わるべきなのではないですか」

そもそも、それほど幕臣としての矜持はこの父親にはないはずだ。

主君のために武器を取って戦ったこともなく、ただ時代の流れが徳川を押し流すのを、手をこまねいて見ていただけではないか。

嘆くだけなら誰でもできる。

誰かのせいにして怠けることも、自由だ。

だがそのせいでうたが不幸になることだけは承服しかねる。

「……出ていけ！　必ず、うたは返してもらう！」

父親は怒鳴るが、やはり声が裏返った。

「出ていけっ、この薄汚い長州者がっ！」

彼は札束を握り、俺の胸元にぶつけた。

べしゃっとマヌケな音を立て、それは土間に落ちた。

「何度でも来ます。あなたが婚姻の許可をくれるまで」

「許すわけないだろう！　今度その面を見せたら、承知しない！」

頭に血が上った状態になると、もう話にならない。

「うたさんの幸せを、少しでも考えてください。では、御免」

俺は札束をそのままにし、父親に背を向けた。

外に出る瞬間まで、父親はなにも言い返してこなかった。

少し離れたところで家の方を振り返るが、父親が追いかけてくる気配はない。

相変わらずの頑固親父だったが、少しはうたのことを思い出しただろうか。

寂しくつらいのは自分だけではないと気づいてくれたなら。娘の幸せを、ほんの少しでも願ってくれたなら。

そうなる日まで、根気よく通うしかないか。

いつかきっと、わかり合えるはずだ。

十年と少し前、かつて犬猿の仲だった長州と薩摩が手を取り、維新は成された。

俺たちも、きっといつかは――。

＊＊

午前に出ていった馨様は、昼食前に戻ってきた。

「おかえりなさい！」

私はトミさんと一緒に馨様を出迎えた。

あの雨の日、彼に攫われるように家を出てきてしまったので、私物はひとつも持ってこられなかった。

せめて馨様がくれた首巻きや、お母様の簪を持ってきたかったけど、あのときは絶対に無理な状況だった。

彼と体を重ねた翌日、なにもない私は途方に暮れた。

着物は脱がされたままの形で畳に広がっており、雨で湿ったせいでなんとも言えないにおいを放っていた。

『ああ……すまなかった。着物くらいかけておけばよかったな』

私の隣で裸のままむくりと起きた馨様を直視できなくて、両手で顔を覆った。

剣で鍛えた肉体はお父様のひょろりとした体とはまったくの別物。

『トミ』

馨様が立ち上がる気配がしたので、ますますそっちを見られなくなった。背を向けて横になったまま固まる。

するりと衣擦れの音がした。多分、自分の着物を着たのだろう。

彼が手を鳴らすと、どこからかトミさんがやってきた。

『お呼びで？』

障子を開けてすぐ閉めた音がした。彼が廊下に出たようなので、トミさんは部屋の中をまともには見ていないはずだ。

しかし、昨夜なにがあったかは、きっと察しているだろう。

いや、厳密に言えばまだ夜でもなかった。

私は行為を終えたあと、そのまま眠りこけてしまったのだ。

『彼女に着物を』

短い命令に、トミさんは『御意』と返した。

着物を貸してくれるのかしら。

けれどトミさんはそこから動いていないのか、廊下を歩く足音がしない。

『どんぞ』

いきなりすっと障子が開く音がして、肩がびくっと震えた。

えっ、嘘。今、着物を取りに行って帰ってきたの？

やっぱりトミさんの足音は聞こえなかった。いったいどういう訓練をしたら、そんなに静かに歩けるんだろう。

しかも、行って戻ってくるまでがものすごく早かったような。

障子を閉める音と同時、馨様が言う。

『これを着なさい』

『え……』

布団にくるまったままそっちを振り向くと、彼が女性ものの着物を腕にかけていた。

『これもこの前の店で仕立てておいたんだ。君がうちに来たら出そうと思って……』

『この前の店？』

どこのことかしら。

なんのことかさっぱりわからずに聞き返すと、馨様はハッとした顔で固まった。

『いや、その……』

しまったと言わんばかりに口に手を当ててうつむく馨様。

その口ぶりだと、前にも私に着物を作ってくれたみたいだけど……。

『もしや、坂本さんの妹さんが譲ってくれた着物は、馨様が仕立ててくれたんですか？』

思い返せば、納得がいく。

坂本さんはいきなり新品同様の着物を持ってきて、私にくれた。

あまりに袖を通した感じがなかったので、少し不思議だったのだ。

『……だって、施しを受けるのは嫌いじゃないか、君は』

赤くなってうつむく彼を、布団の中からじっと見つめる。

どうやら、図星だったらしい。

「だって」って、まるで子供の言い訳みたい。

『出張の前に注文しておいて、坂本さんが受け取り、うちに届けてくださったんですね？』

『騙すつもりはなかったんだ。ただ、いつも寒そうで、気がかりだったから』

そういえば、馨様の前でくしゃみをしてしまったことがあったっけ。

あのとき着物をくれると言ってくれたけど、お断りしたんだった。

素直に馨様からだと言えば私が恐縮すると思って、お下がりだということにして坂本さんに持たせたのね。

『もう！』

赤面する馨様があまりにかわいらしくて、私は衝動のままに起き上がって彼に飛びついた。

湧き上がる熱い感情を抑えられない。

『ずっと会いたかった。軟禁中も、あなたのことばかり考えていました』

『うた……』

私よりずっと大きな彼の体を、両手で力いっぱい抱きしめる。

『馨様も、私のことを想っていてくださったんですね』

離れていても、ずっと彼の心は私のそばにあったのだ。

やっと想いが通じ合った。

お父様のことを考えると胸が痛いけど、今は彼の腕の温かさに溺れていたい。

『うた、離れなさい』

『嫌です』

『だって君、なにも着ていないじゃないか』

私ははたと気づいた。

そうだった。まだ裸だった。なんとはしたない。

『まったく。今日も休みだったら、押し倒しているところだ』

馨様は私の頭に着物をかける。

手繰り寄せた着物で体を隠し、私は座り込んだ。

『じゃあ、俺は先に準備して仕事に行くから。君はおとなしく待っていろ。今日は決して外に出るんじゃないぞ』

『は、はい』

馨様の命令は、父のそれとは違い、私を守るためのものだ。

素直に応じた私の額に唇を寄せ、彼は奥座敷を出ていった。

……とまあ、そういう感じで私の桐野家での生活は始まった。

最初は怖い人かと思ったトミさんは、実はとても面倒見のいい人だ。

馨様が妻にすると宣言したからか、私がここに来てからは決して邪険にすることなく、親切に接してくれる。

彼がいないときも、態度は変わらない。

どくろみたいな見た目も、慣れてくると全然気にならなくなった。

そして、現在に至る。

トミさんは帰ってきた馨様に昼餉を出すため、台所へ向かった。

「あの……どうでした？」

履物を脱いで屋敷に上がった彼に聞くと、至極冷静な表情が返ってきた。

「高屋敷家との縁談は白紙に戻ったんだと。まだ俺に啖呵を切る元気はおありのようだ」

ということは、お父様は相変わらず馨様を敵視し、冷静に話せなかったってことね。

短時間で帰ってきたからそういうことだろうとは思っていたけど、実際に聞くとより一層落胆する。

娘の私を傷つけたことを反省もできないのか。

「代理人を立てた方がいいかもしれないな。どうも俺は話がうまくないらしい」

「いいえ、自分の間違いを指摘され、反省することなくへそを曲げてしまう父が悪いのです。幼子のまま大人になってしまったんだわ」

「実の娘にそこまで言われるとは……少しお父上に同情するよ」

お仕事のときより疲れた様子の馨様は、くすりと笑った。

きっと、お父様に暴言を吐かれたのだろう。

申し訳ない気持ちでいっぱいになる。

正式に結婚し、戸籍上も夫婦になるには、親の許可がいる。

けれど、そのために馨様に嫌な思いをさせたくない。

「あの、馨様……もう父の説得は諦めましょう」

「どういうことだ」

馨様は怪訝そうに私を見る。

「私はただ、あなたのおそばにいられればそれでいいのです」

見上げて言うと、彼は少し驚いたように目を見開き、すぐに微笑んだ。

「そうか」

短く言い、彼は私の肩を抱き寄せた。

広い胸に頬を寄せると、体中が温まるような気がした。


六日後、また馨様の非番の日がやってきた。

私はいそいそと出かける準備をしていた。

「今はこういうのが流行りなんだってばよ」

どこから情報を仕入れてきたのか、トミさんが私の髪を縄のように編み、くるりと輪っかをつくって留め、飾りのリボンを結んでくれた。

年のわりにさっさと素早く動くし、手先も器用だし、ほんとトミさんってすごいな。お父様にも少しは見習ってほしいくらいだわ。

少しだけ口に紅をさし、おめかしは終了。

もともと肌がなめらかなので白粉はしなくていいとトミさんが言うから、その通りにした。

「ご主人様、奥様のお支度ができただよ」

「と、トミさん。奥様だなんて」

トミさんと一緒に玄関に向かうと、冬物の羽織袴姿の馨様が下駄を履き、土間で待っていた。

邏卒の制服も素敵だけど、着物もよく似合う。

廊下からだと、土間にいる馨様をかろうじて見下ろす形になる。

いつも見上げてばかりだけど、上から見る彼も素敵。

ぼんやり見惚れている私に、馨様が手を差し出した。

「ほれ、いってらっしゃい」

トミさんに軽く背中を押され、我に返る。

「い、いってきます」

私も下駄を履き、彼の隣に立った。

「見違えた。髪型ひとつで変わるものだな」

馨様が私の横顔をじろじろと見るから、照れてしまう。

「行こう。俺のかわいい奥さん」

大きな手が、私の手を引く。

外国では、夫婦が手を繋いで歩くこともあるらしいけど、この国ではまだそんな風景を見たことがない。

非常に照れくさかったけど、かわいいと言われた私の心は躍っていた。


馨様と一緒に馬車に乗り、賑やかな街に出た。

「ここが銀座……」

私はその街並みを見て呆然とした。

馨様のお屋敷周辺の街も、私にとっては華やかだったけど、ここはより一層すごい。まるで異国のよう。異国に行ったことはないけれど。

生まれも育ちも維新後に住んでいたのも、街から離れた寂れた土地だった私は、見るものすべてに目を奪われた。

煉瓦造りの二階建ての建物が大通りの両側にずらりと並んでいる。

二頭の馬で引く乗合馬車が、我が物顔で往来する。

その合間を縫うように、小型の馬車や人力車、大きな荷物を載せた荷車が通っていった。

行き交う人々はまだまだ着物の人が多いが、たまに洋服の婦人や、西洋風の帽子をかぶった紳士などを見かける。

通りの両端には等間隔で植えられた街路樹と、その間に街灯が立っていた。

「こんなに綺麗な街並みは見たことがありません」

白い煉瓦造りの建物の二階は外に出られるようになっており、柵を持った紳士が地上を見下ろしていた。

「あれはバルコニーと言う」

「ばるこにい」

「今後はこの地面に鉄の軌道を敷き、日本人が今まで見たこともない大型馬車を走らせる計画があるらしい」

「まあ。あの四、五人乗っている馬車よりも大きな馬車なのですか？」

「ああ、一両に二十五名ほど乗れるそうだ。運用開始は数年後とのことだ」

どんなものか想像もつかない私は、嘆息した。

今まで、移動といえばほとんど徒歩だった。

人力車はおまさちゃんのお稽古の帰りに送ってもらうときにしか乗ったことがない。

欧州式の馬車に乗ったのも、馨様と出会ってから数度だ。

「馨様はすごいですね。鉄道にも軍艦にも乗ったことがおありなんでしょう？」

「すごいのはそれを作った人たちだ。俺じゃない」

それはそうだけど。自分自身が世間知らずなので、自分が知らないことをたくさん知っている馨様のことを、素直にすごいと思ってしまう。

「さて、街並みを眺めているだけじゃなく、歩くとしよう」

「はいっ」

「まず洋服店へ行く」

「はいっ」

ガラスが嵌められた窓が珍しく、映る自分たちの姿をのぞきながら街を歩く。

こんなに心が浮き立つのはいつぶりだろう。

いつも自分を励まし、なんとかその日その日を送っていたことが嘘みたいだ。

彼の大きな手が導いてくれる。それだけで心から安心することができた。

少し歩くと、ガラス窓の中に見たこともない色の布が現れる。

馨様は躊躇せず、その店の中に入っていった。

「いらっしゃいませ」

私はあんぐりと口を開け、その内装に見入った。

透明の宝玉を繋げたような、見たこともない照明器具が天井からぶら下がっている。

絨毯が敷き詰められた床は、下駄で踏むには不似合いな気がした。

そして、中央には商談をすると思われる大きなテーブルと椅子。

壁際には、洋装の女性のホトガラがたくさん飾られている。

その洋服も外で見た紳士が着ているようなものではなく、腰の後ろからお尻にかけて風船のように膨らんでいて、丈はつま先まで隠れるくらい長い。

政府高官や役人、邏卒などは洋服を着ることが主流となっている。

人力車の車夫にもズボンを穿いている人がいた。

しかしまだまだ女性の洋服は少ない。

高屋敷家の奥様も何回か洋服を着ているのを見かけたことがあるけど、そう頻繁ではない。普段は圧倒的に着物が多かった。

政府のお役人と違い、女性は仕事で洋服を身につける必要がないからだ。

「うた、好きな生地を選ぶんだ」

「はいっ？」

「二着は作りたいと思っている。少し前に、洋服を正装とするという法律ができたことを知っているだろ」

私は遠慮がちにうなずいた。

旅籠のお客様がそんなようなことを言っているのを聞いた覚えがある。

でも、正装なんてそれこそ、公的な仕事をしている人しか必要ないのでは。

馨様だって、制服以外で洋服を着ているのを見たことがない。

自分のものは持っていらっしゃるのかしら？

お店の雰囲気に圧倒されてびくびくしている私に、馨様は真面目な顔で言う。

「そのうち、公の場に妻を同行する場合は、洋装でなくてはならなくなる」

「ええっ。そうなんですか」

女性の洋装は男性に比べてなかなか浸透しない。

政府的には、裾から下帯が見えたり腿が見えたりする着物より、洋服を正装として普及させたいらしい。

野蛮な未開の地と見られるのがそんなに嫌なのかな。日本の人にとって、着物を自由に着こなすのは普通のことなのに。

「というわけで、このホトガラを見本にして選ぶもよし、店主と話しあうもよし。好きなように作るといい」

「ひいい」

私は慄いてしまう。

着物でも古着しか着たことがない私は、新品をあつらえたことがないのだ。

しかもそれが洋服となると、高価なのはわかるが果たして具体的にいくらかかるのか見当もつかない。

「だ、だめです。そんなに大金を使わせるわけには」

「そういう問題じゃない。妻に正しい身なりをさせることは、夫の義務だ。おかみさん、妻はこの通り遠慮深くてなかなか決まりそうにない。似合いそうなものを選んでくれ」

呼ばれたおかみさんはビシッと洋装を着こなし、名前もわからぬような、新しい髪型をしている。

「じゃあ桐野様、わしらは珈琲でも飲んで待ちましょう」

ご主人と馨様は優雅にテーブルにつく。そこへ洋風の前垂れをつけた若い女性が黒い泥水のような液体を運んできた。

なんだかいい香りがするけど、あれって珈琲ってやつかしら。

別のことに気を取られた私の手を、おかみさんが強く引く。

「まあかわいい奥様だこと。お任せください。洋服についてはこのサチ、ぷろふぇっしょなるですのよ」

「ぷ、ぷろふぇ……？」

どういう意味なのかしら。聞き取れもしなかった。何語かもわからない。

「とにかくこちらへおいでください」

おたおたしていた私は、サチさんに連れられて奥の部屋で体中を採寸された。

実際のものは私の体に合わせて作るけども、だいたいどんな形にするかを見本を着させてもらって選ぶことになった。

サチさんが絶対に私に似合うと言って差し出したのは、空色の生地に細かい花模様が織り込まれたドレスだった。

生地が折り重なり、お尻の部分が膨らんでいる。左右には切れ込みが入っていて、そこから別の布が見えていた。細かいひだがついている白っぽい布だ。

重ね着は着物の基本。洋服もこうして布を重ねるのがお洒落なのだと思うと、少し親しみが湧いた。

胸の前にはボタンとリボン。首の周りから肩にかけて白いレースが覆う。さらに袖口にもボタンやレースが。

私はおかみさんの手を借り、その見本を着た。

「あら、意外に動きやすい」

帯がないので、ボタンにさえ慣れれば体を通すだけでいい。

胸元がはだける心配もなし、裾が割れて足が見えることもない。

「そうでしょう。さあ、これでご主人の前に出てみましょう」

「えっ」

おかみさんは私の手を強く引いて、部屋のドアを開ける。

まだ自分で鏡をじっくり見てもいないのに、私は馨様の目の前に出されてしまった。

「いかがですか、桐野様。若々しい奥様なので、明るい色がいいと思いまして」

座っていた馨様が顔を上げ、目を見張った。

そのあとの言葉を待つけど、彼は黙ったまま。

「あの……似合いませんか」

やっぱり、私のような未熟な女に洋服は早かったかしら。

私が問うと、彼は我に返ったように瞬きをした。

「いや。似合ってる」

いそいそと立ち上がった彼は、近くに来て周りを回りながら全方位から私を見つめる。

「想像以上で驚いた」

「そ、そうですか？」

洋服を着たのが初めてなので、似合っているのかどうかもわからない。

「綺麗だよ。おかみさん、もう一着明るい色のものを見せてください」

「ありがとうございます。同じ形にしますか？　もう少し腰回りがすとんとしていて、裾が広がっているものもありますが」

「興味あるな。ぜひ試着させてください」

というやりとりの結果、私は何着も見本を着て馨様の前に出た。

なにを着ても「似合っている」「綺麗だ」「かわいい」とべた褒めするので、こちらの方が恥ずかしくていたたまれない。

馨様って、そもそもこんな性格だったかしら。

初めて会ったときはほぼ単語しか話さない、不愛想な人だったのに。

最後の最後で「全部もらおう」と言う馨様を止めるので必死だった。

結局、そうそう着る機会がないという理由で押しきり、厳選して二着に抑えた。

「この生地やデザインでは春や夏にはちと暑うございますからね。そのときにまた作られたらよろしいですよ」

おかみさんの言葉に深くうなずき、馨様は洋服が出来上がったら手紙をくれるように頼んでいた。

一緒に靴や帽子、洋傘を注文し、お店を出たときにはぐったりと疲労困憊していた。

洋服を作ってくれたのはうれしい。

だけど、何着も着たり脱いだりするのはさすがに疲れてしまった。

「わあ、寒い」

店の中が暑かったので、冬の外気が頬に当たると気持ちいいくらいだ。

しかしそれも一瞬で、すぐに寒くなってきた。羽織を着ていても寒い。

「ほら、だからこれを肩に巻けと言っただろう」

馨様は持っていたショールを私の肩にかけた。

この前、汁粉屋に来たモダンな娘さんが身につけていたようなものだ。絹でできているものもあるそうだけど、冬は毛織物が人気だという。

店を出る直前にすすめられ、馨様が迷わず購入してしまった。

「あったかい……。馨様、本当にありがとうございます。なにからなにまで」

お店で今日注文したものの総額を聞いたら、倒れそうになった。

私とお父様が一年くらい余裕で生活できるくらいの金額だった。

よくよく考えてみれば、私は彼の正式な奥方ではない。

もしかしたらいつまでも内縁の妻だということもあり得る。

公の場など出る機会が訪れるかもわからないのに、なんだか申し訳ない。

「気にするな。夫として当然のことだ」

大きな身の丈のわりに小さな顔が、にこりと微笑む。

眩しすぎて、目を閉じてしまいそうになった。

彼は暗に、夫婦は心でなるものだと言ってくれているのだろう。

美しい微笑みは、お父様のせいで正式な夫婦になれない罪悪感を消し去ってくれた。

「しかし腹が減ったな。昼餉はなにがいい？」

さっきのお店で何着も着替えたりなんだりで、緊張するやら頭を使うやらで、お腹が減った。

「なにがいいんでしょう……」

極限までお腹が空いているので、逆になにも考えられない。

「そうだ。洋食はどうだろう」

「洋食っ？」

私はうつむいていた顔を上げた。

おまさちゃんの家で洋菓子をいただいたことはあるけど、洋食は食べたことがない。

「目が輝いたな。この通りに洋食の店があるはずだが」

洋食って、どんなのだろう。

パンやアイスクリーム、焼き菓子の他には、牛乳で煮た野菜やお肉があると聞いたことがある。

興味津々だけども、果たしてこの貧乏舌に合うだろうか。食べられなかったら申し訳ない。

うーん、でも、初体験はなんだって冒険よね。やってみないと、できるかどうかわからないもの。挑戦あるのみ……かな？

「あ、でも、馨様は洋食がお嫌いなのでは？」

私が袖を引っ張ると、彼は硬い表情でこちらを見下ろした。

洋食も食べたけど、やっぱり昔ながらの料理が好き、というようなことが手紙に書いてあった覚えがある。

「そんなことはない」

「でも、手紙に書いてありました」

「嫌いなんて書いてない。洋食より君が作った煮物の方がおいしいと書いたんだ」

そうだっけ。どうも、洋食に苦手意識があるような雰囲気を感じる。

だって、やけに必死だもの。

「麦や牛乳にはとても滋養があるそうだ」

「だから異国の人は体が大きいのですね」

「そういうことだろう」

並んで歩いていると、すぐに異様なにおいを放つ建物の前に着いた。

なんか……真夏にうっかり何日も置いたお豆の煮物みたいなにおいがするんだけど、気のせいかしら……。

横を見てみると、馨様は遠慮なく高い鼻を指でつまんでいた。

ガラス窓から中を見てみる。

西洋風の丸いテーブルの上に置かれた料理に、私は仰天した。

肉かなにかを焼いたような茶色の塊に、どろりとした黄色いものがかかっている。

塊は私の顔くらいあり、料理人がそれを客の目の前で切り分ける。

黒っぽい塊の中はまだ赤く、火がじゅうぶん通っていないのではないかと思われた。

「あれ……なんなんでしょう。黄色いものは牛乳？」

肉とは別の皿に、おそらくパンであろうものと、見たこともない野菜が載っていた。

お芋の仲間かしら？

「さあ……西洋では牛の乳を固めたものを食べるというが、あれは半分溶けたそれだろうか？」

「牛の乳を固めて、またそれをどろどろにする意味がわかりませんね」

首を傾げる私の横で、馨様も不安げに窓の中をのぞく。

出張中に洋食を食べたことがある馨様も、よくわからない種類の料理みたい。

よく見るとあの料理人、日本の人っぽい。

もしや洋食の基本をよく知らないまま、自分流に洋風の材料を調理しているのでは？

「ごめんなさい馨様、私あれを食べきる自信がありません」

お肉を口に入れたお客さんが、首をひねっている。

誰も彼も、なにが正解なのかわからずに食べているのだろう。

「そうか。そうだな、食べ残しは料理人に失礼だものな。評判のいい店を調べてから来るとするか」

彼はどことなくホッとしたようにうなずいた。私が食べたがれば食べさせてくれただろうけど、彼自身はやっぱり洋食が苦手なのだ。

「では牛鍋はどうだ？」

「はい、そっちがいいです！」

牛鍋は薄切り牛肉を醤油と砂糖で味付けたお鍋だと聞いたことがある。それなら食べられそう。

「よし、決まりだ」

私たちは反対側の通りに渡り、牛鍋屋に向かった。

牛鍋は大当たりで、初めてだったけどとてもおいしく食べられた。

牛肉独特のにおいを、馴染みある醤油の香りが和らげていて、一緒に煮られた豆腐やネギとも相性がよかった。

お腹いっぱい食べた私に、彼は珈琲とアイスクリームまで注文してくれた。

アイスクリームは口の中を優しい甘さと冷たさで癒す。

同じく初体験の珈琲もとても風味がよくてびっくりした。

「ちょっと苦いけどおいしいです」

洋服店で泥水みたいとか思ってごめんなさい。

馨様はさっき珈琲を飲んだので、ここではお茶を飲んでいる。

「やっと笑ったな。うたは洋服より牛鍋が好きなようだ。覚えておこう」

「えっ。ど、どっちも同じくらい好きですよ」

たしかに洋服を作るときは緊張しっぱなし、恐縮しっぱなしで、顔が強張っていたかもしれない。

けれど、色気より食い気と思われると、非常に心外だ。

お腹が空いていたのと、牛鍋が存外おいしかったので、ちょっとがつがつしすぎたかも。恥ずかしい。

意識して、残りのアイスクリームはゆっくり食べた。

私が食べ終わるまで、馨様は目を細めてこちらを見つめていた。

食事を終えたあと、私たちは芝居小屋で歌舞伎を見た。

演目は『忠臣蔵』。

初めて見る迫力ある役者の演技に圧倒され、最後は感動で胸が熱くなった。

芝居小屋の前で売られていた役者の錦絵を買ってもらい、私はそれを抱きしめて歩く。


「さて、そろそろ日が暮れるな。帰るとするか」

「はい」

こんなに楽しかった一日は、生まれて初めてだった。

豪華な洋服や食事よりなにより、想いを寄せる人と一緒に過ごせたことがうれしい。

馨様も、今日はよく笑ってくれた。

出会った頃は仏頂面ばかりだった彼が笑ってくれると、私まで頬が緩む。

ふと空を見ると、夕陽が白い建物の壁面を赤く照らしていた。

増した寒さに、充実した一日の終わりが近づいていることを実感し、切なくなった。

「また一緒にお出かけできるでしょうか……」

乗合馬車に乗り、桐野邸に一番近い停車場で降りたときには、辺りはだいぶ暗くなっていた。

「ああ。また非番の日は一緒に出かけよう」

停車場から桐野邸までは、少し歩かねばならない。

私たちは残りの時間を惜しむように、ゆっくりと歩を進める。

「夢みたいでした。あなたと一緒に、見たこともないものをたくさん見られて」

あの家から出なければ、一生縁がなかったものもあっただろう。

馨様が私を連れて逃げてくれたおかげで、世界が広がる。

この夢が、いつまでも続けばいいのに。

「楽しかったか」

「はい、とっても」

「俺も。生まれて初めて、楽しいという感覚を味わった気がするよ」

見上げると、馨様は晴れ晴れとした横顔をしていた。

そうか。彼の方がよほど、私よりつらい思いをしてきたんだものね。

幼い頃は貧しいお寺で暮らし、成年したら人斬りになった。

長い戦乱のあとは警部補として人々を見守っている。

気を張ってばかりの人生だっただろう。

「今後はもっと、楽しいことがあるでしょうね。春になったら一緒に桜を見に行きましょう」

「夏は海に？」

「そうですね。秋は、紅葉狩りに」

「そしてまた冬が来たら雪見だな」

私たちは顔を見合わせて笑った。

いつまでもこんな時間が続けばいいと、心の底から願う。

子供のように手を繋いで歩いていると、人気のない道にさしかかった。

突然礬様が足を止めたので、私はひとりで前に進んでつんのめった。

「おっとっと」

勢い余って数歩片足で跳んでしまった。

両手でもがき、なんとか転ばずに両足で立ち直る。

「どうし……」

彼の方を振り返り、ギクッとした。

二間くらい後ろにいた礬様は、見たこともないような鋭い目で、顔を動かさずに周囲を見ているようだった。

まるで、獲物を探す猛禽だ。

いや、見たことがないわけじゃない。ずっと前のことを、ふと思い出した。

あれは、追剝ぎに遭った日。

あの日も、彼はこんなふうに氷のように冷たい目をして、常人には見えぬ気の流れを感じているような顔をしていた。

もしや、近くに賊でもいるのかしら？

尋ねる前に、彼の背後の茂みから黒い人影が数体現れた。

街灯もないこの通りで、頼りになるのは月光だけ。

轡様が振り返る。と同時、なにかが白い線を描いて彼の目の前を走った。

えっ、なに？

よく目をこらすと、闇の中に刀を持った人物が四人ほどいた。

首から口元まで覆う頭巾を被っていて、顔が見えない。着物や袴も黒っぽく、気を抜くとすぐ闇に紛れ、誰がどこにいるのかわからなくなってしまいそう。

彼を襲った白刃が、月光を受けてきらめく。

包丁のような小刀や脇差ではない。数年前まで武士が腰に下げていた長刀だ。

さっきの白い線は、振られた刀だったのだ。

恐怖で体が震える。

この人たち、何者？　なにが目的なの？

「廃刀令違反だな。追剝ぎならやめておけ」

静かに言う馨様に返事をせず、彼らは斬りかかってきた。

「やめてっ」

「来るな、うた」

駆け寄ろうとしたが、ちらりとこちらを見た彼の視線に有無を言わさぬ圧力を感じ、動けなくなる。

止めたいけれど、私が近くにいたら足手まといになるだけだ。

最初の敵が馨様に刃を突き出す。

彼は紙一重でそれをよけ、敵の腕を脇に抱えるようにし、両手で肩から肘をねじりあげた。

馨様の動きは風よりも速く、目で追うのに精いっぱい。

「ぎゃああっ」

ボキ、と木の枝が折れるような音がした。

「ひえっ」

もしかして、骨を折った？　骨って、人の力で折れるものなの？

私はごくりと唾を飲みこむ。

悲鳴をあげた敵は刀を落とし、すかさず馨様がそれを拾う。

敵は解放された腕を押さえ、呻いた。

「……刀を持つのは二年ぶりだな」

彼は刀を月の光に翳してみせる。

いきなりひとりを戦闘不能にした彼に驚いたのか、他の三人は刀を正眼に構えたまま動かない。

「あ、あなたたち逃げた方がいいわよ。この人、ものすごく強――」

私が言うが早いか、馨様が一歩踏み出した。

足が長すぎるせいか、一気に大きな距離を跳んだように見えた。

敵が反応するより早く、彼は刀を袈裟懸けに振り下ろす。

飛び散る飛沫を予測して目を閉じかけたが、そうはならなかった。

水音はせず、代わりに鈍い音がした。敵がゆっくりとその場に倒れる。

敵の姿が完全に地に伏す前に、彼の左から次の敵が斬りかかる。

馨様はすかさず刀で相手の刀を受けた。ぎいんと鋼同士がぶつかる音がする。

「ぬるい」

そんなに力を入れたように見えないのに、敵が馨様に押されて大きく体勢を崩した。

がら空きになった脇を刀の柄で強く突かれた敵は、言葉にならない呻き声をあげて転がった。

「くそっ」

残りひとりになった敵が、私たちに背を向けた。

「待て！」

走り出した敵に、馨様が地鳴りのような怒声を投げかける。

彼はあろうことか、片手で刀を槍のように構えた。

投げつけるつもり？　それが刺さったら、相手は死んでしまう。

「馨様！」

私はたまらずに駆け寄り、彼の腕にしがみついた。

「戦意喪失している者に刃を向けてはなりません！」

声を張り上げると、ぎらぎらと光る刀の切っ先のような目をしていた馨様が、ハッと息を呑んだ。

ゆっくり腕を下げ、私の体を離させる。

「鞘を……」

彼は額を押さえ、私の方に空いている手を伸ばした。

なんだかつらそうだ。馨様は懸命に気持ちを落ち着かせようとしているようで、荒い呼吸を繰り返している。

私は勇気を振り絞り、倒れている敵に近づく。その腰から鞘を奪い、轡様に渡した。

鞘だけでも鋼でできているのだから、ずっしりと重い。

しかし彼はそれを片手で受け取り、刀をそこにすんなりと収めた。

深く息をした彼は、数度瞬きをした。

「やはり日本刀はいけない。昔を思い出してしまう」

「轡様……」

峰打ちだったのか、袈裟懸けにされた敵がのっそりと這うように動く。

腕を折られた敵も、脇を突かれた敵も、命からがらといった様子で逃げ出した。

「追わなければ」

「待ってください」

敵を追おうとする轡様の胸に飛び込む。

「うた、止めるな」

「いいえ。もういいではありませんか。あの腕では、当分刀を握れないはずです」

脇を突かれた敵や袈裟懸けにされた敵も、決して軽傷ではないはずだ。

少なくとも数か月療養しなくては、元通りに動けるようにはならないだろう。

なにより、これ以上敵と刀で対峙したら、本当に人を斬り殺してしまうかもしれない。

そう感じるくらい、刀を持った馨様は恐ろしい。

まったくの別人になったような動きには、情の欠片も感じられなかった。

刀を持つだけで、人斬りだった頃の記憶を揺さぶられるのだろう。

「あなたは、みんなを守るために生きているはずです。敵を痛めつけたいわけじゃないでしょう?」

「だが、また報復にくるかもしれない」

「そうかもしれませんが、とにかく刀を持って追ってはいけません」

私が縋ると、馨様は動きを止めた。

「ああ……そうだな。落ち着こう」

彼が脱力した気配に安心し、顔を上げた。

馨様はいつもの優しい表情に戻っていた。

「怪我はないか」

こくりとうなずく。

「うたを襲う気配がなかったな。俺を誰か知っていて狙ったんだろう。人質をとっても利益がない人物か……」

彼は私の手を握ったまま、推理を始める。

たしかに、私を人質にとれば彼の動きは少しは鈍くなったかもしれない。

そうしなかったのは、金品が目的じゃなく、純粋に馨様だけを傷つける目的で狙ったってこと？

「見覚えはありましたか？」

「頭巾を被っていたから、顔はよく見えなかった。が、俺はあちこちから恨まれているから……心当たりがありすぎていけないな」

人斬りは旧幕府側の重要人物を暗殺していた。

つまり、彼は長州藩の誰かの指示で動いていたのだ。

ということは、今現在政府要職に就いている人の黒い過去を知っているも同然。

敵と味方、どちらからも命を狙われる可能性があることは、前に聞いた。

まさか、今さら彼を暗殺しようとしている人がいる？

想像しただけで背筋が震えた。

もし新政府が敵なのだとしたら、そのような大きな力に私たち個人が太刀打ちできるのだろうか。

「怖いか」
私の不安を見透かしたように、馨様が落ち着いた声で問う。
正直、怖い。
人斬りだった彼のことが怖いんじゃない。
彼を失うことが怖い。
彼が、人斬りに戻ってしまうことが怖い。
もうこれ以上、罪を重ねないでほしい。
じゅうぶん傷つき、じゅうぶん償ってきたはずだ。
だから、誰も彼に手を出さないで。
彼は刀を握ると、心が幕末に立ち返ってしまう。
「いいえ。なにがあっても、おそばを離れません」
私は強がり、大きな声で言い放った。
戦いの役には立たないけど、彼が安心できる場所を守りたい。
さっき話していたみたいに、彼とずっと一緒に過ごしたい。
何度も繰り返す四季の風景を眺めて、穏やかに暮らしたいだけなのだ。
他のことは望まない。最先端の洋服も、贅沢な食事もいらない。

ただふたりで、心静かに暮らしていけたら。

「絶対に、離れませんから」

せっかく摑んだこの幸せだけは、手放さない。

私が、彼の心の平穏を守るんだ。

真っ直ぐに見つめた馨様の視線が、ふっと和らいだ。

「……ありがとう」

彼は私を抱き寄せ、首筋に鼻先を寄せた。

その仕草は、まるで壊れ物を扱うみたいに優しかった。

＊＊

いったいこれで何度目だろう。

うたを伴った帰り道で襲われて以来、不審な人物を何度も見かけるようになった。

昼も夜も関係ない。

任務中も視線を感じることがあった。

人斬りだったときは、周り全員が敵だと思い、誰にも心を許さず過ごしていた。

今また、一歩外に出たら道行く人すべてを疑って警戒するという生活に戻ってしまった。

常に周囲を警戒しながらの生活は、今までの生活より数段疲れる。

仕事を終えて帰った俺を、うたが出迎えた。

「おかえりなさい！」

うたはいつものように明るい笑顔を見せる。

「今日は馨様の好きな、ブリ大根ですよ」

彼女はじっとしているということがなく、くるくると動いてよく働く。

働くことがなくなれば、勉強している。

俺がいないときは念のために家から出ないように言っているので、用事で外出する成吉に頼んで新聞を買ってきてもらっているのだ。

それで世間の情報を仕入れるだけではなく、もともとうちにあった書物を読み漁っている。

孤児だったから学がないのだと言われるのが悔しくて、様々な書物を買っておいたのが役に立った。

女子の好みそうな枕草子（まくらのそうし）だとか源氏物語（げんじものがたり）はないが、うたは書物に触れられるだけで喜んだ。

「今日は三国志を読みました。もう続きが気になって気になって」

うたの鈴を転がすような声が、耳に心地よく響く。

「馨様は三国志で誰が好きですか？　やはり諸葛亮ですか？」

「関羽だな。忠義に厚い」

「ああ～わかります。私も関羽が好きです」

うたはにこにことひだまりのように笑う。

彼女と一緒にいる間だけ、俺は本当の自分に戻れるような気がしていた。

着物に着替え、俺たちはふたりで向かい合って食事をする。

うたの料理はやはり格別にうまく感じた。

トミが作るものが不味かったわけではないけど、うたの味付けの方がしっくりくる。

「どうですか？」

期待を込めた目で聞いてくるうたに、微笑みかけた。

「うまい」

「よかった」

うたもちょうどいい照りがついた煮物を口に入れた。

うまいものを食べると、途端に目じりが下がるところがかわいい。

「すまないな。ずっと家の中じゃ、つまらないだろ」

こんなはずではなかった。

あの父親と揉めただけでなく、俺が人斬りだったばかりに、うたに不自由な思いをさせてしまっている。

働きづめで自由な時間がなかったうたに、少しでも好きなことをして暮らしてほしいのに。

「そんなことないですよ。書物は読み放題ですし、お部屋は暖かいし、お庭は綺麗だし、まるでパライソのようです」

咀嚼していた米を急いで飲みこみ、うたはにっこりと笑った。

たしかに、彼女の家は冬だというのに冷えきっていた。

火鉢はあったのに、炭が入っていなかった。買えなかったのだろう。

うちにも洋風の暖炉などはないが、火鉢に炭が入っているだけでいいと、彼女は笑う。

特に面白いこともない家をパライソ……楽園と言ってくれるのは、うたくらいだろう。

「……うた。このところ、考えていたんだが」

話しかけると、彼女は吸い物の入った椀を置いた。

「私、ここにずっといます。離れたりしませんから」

彼女はキッとにらむようにこちらを見返した。

「まだなにも言っていないが」

「どうせ、ここも危ないから離れた場所に引っ越せとか言うんでしょ。馨様の考えそうなことです」

俺は言葉を失った。どうしてわかった。

「君は千里眼でも持っているのか」

「そんなわけないでしょう」

苦笑を漏らすと、うたはなにも聞かなかったように、普通の顔で途中だった食事を再開する。

彼女の言った通りだ。

しばらく、俺と離れて田舎に住んでいた方がいいのではないかと思ったのだ。

もちろん、トミを一緒に行かせる。

そうしたら今よりは自由に出歩けるだろう。

「退屈だし、怖いだろう」

「さっきも言いましたが、この家にいればそういうことはありません。それほど心配なら、四六時中一緒にいてくださいな。あなたのおそばにいることが一番の防衛です」

早口でまくしたてるように言ううたは、さすがにあの頑固親父の娘という感じだ。

「そうか」

反論は封じられた。

一緒にいたいと言ってくれるのはうれしいし、ありがたい。

「じゃあ、早く諸々のことを解決しないとな」

「そういうことです。頑張ってくださいね、警部補殿」

どこで覚えたのか、俺に向かって敬礼するうた。

「承知しました」

俺も笑って敬礼を返した。

早く彼女が安心して暮らせるよう、なんとかしなければ。

次の日、俺はまだ布団の中で寝ているうたの額に口づけ、家を出た。

いつも早起きのうたが起きられなかった理由は、昨夜俺が抱き潰してしまったからだ。

あまりに彼女がかわいいので、これまでも何度か体を重ねたが、昨日はとうとう歯止めがきかなくなった。

彼女のためにも、早く正式に結婚したい。

しかしあの頑固親父と和解することを考えると、頭が痛かった。

「警部補、お加減でも悪いのですか」

無意識に頭を押さえていたようだ。一緒に巡察をしていた部下たちに心配されてしまった。

最近、阿片という麻薬が巷で流行っている。

無論政府は製造も売買も禁止している。誰かが密輸して売りさばいているのだ。

事件を起こした者を捕縛してみたら阿片中毒者だったという事例があとを絶たず、警察は総力を挙げて密売の元締めを探すことになった。

阿片は使用者に陶酔をもたらすほか、鎮痛作用があるため、医療用の薬品として幕末から輸入されていた。

明治になって日本が開国すると、密輸は爆発的に多くなった。

阿片に蝕まれた使用者が死亡するという事例もあるため、政府はたびたび禁止令を出しているが、密売が収まる気配はない。

「制服でウロウロしてちゃ、密売人も出てきませんよねえ」

けだるそうに力士のような体形の部下が言う。

「密売しにくくなるだけでもいいだろう。一般人の被害を少なくすることが一番大事だ。上がいろいろと調査を進めているさ」

俺たちの姿を気にして、売人が自由に阿片を売りさばけなくなれば、それはそれでいい。

「ん？」

俺は長屋の前を歩いているひとりの男に目を留めた。

普通の市井は気づかないだろうが、見る者が見れば、相当な使い手だと一目でわかる。そのような雰囲気を纏っている。

向こうも俺に気づいたようだ。

「不審人物を発見した。お前たちは予定通りに巡察を行うように」

小声で隣にいた坂本に告げると、彼は俺を見返した。

「やや、密売人ですか？　お供します」

「いや、少し気になるだけだ。すぐ戻ってくる。こちらは頼んだ」

坂本はこくりとうなずいた。

男が長屋の角を曲がり、裏道に入っていく。

俺はそのあとをつけた。部下たちと離れ、長屋の裏にある川沿いの道をしばらく歩くと、先を歩いていた男が振り向いた。

「薩摩の戦で会ったな。たしか……桐野といったか」

「そう言うそちらは藤田警部補」

名前を呼ばれた彼は、にこりともせずにうなずいた。

顔は整っているのに、表情のない男だ。

彼は薩摩の戦で同じ抜刀隊にいた、藤田五郎……元新選組隊士で、改名前は斎藤一と名乗っていた。

俺より少し年上だと噂で聞いたことがある。

二重の垂れ目は一見気弱そうに見えるが、実はそうではないことを、俺は知っていた。

「人斬りがなんの用だ」

彼は眉ひとつ動かさず、質問をしてくる。

「壬生の狼がご存じのことを教えていただきたい」

新選組は壬生という地に屯所を構えていたことから、壬生狼と揶揄されていたことがある。

人斬りと呼ばれた仕返しのつもりだったが、彼は怒る様子もなく、俺を見返した。

「阿片の件か。それならまだ調査中だ」

彼とは担当している地域が違う。他の任務でも滅多に顔を合わせることはない。

そんな彼も阿片の調査に駆りだされたようだ。

「いえ、別件で聞きたいことがあります」

「別件？」

彼は周りを気にするように、道の端に移動した。

「実は、俺の命を狙っている輩がいるようです」

「それが新選組と関係があると？」

新選組は長州の人斬りと敵対する立場だった。

幕末では何名かの隊士と刃を交えたことがあるが、いずれも精鋭揃いで、決着がつかなかったこともある。

藤田氏と対峙したことがなかったのは幸運だった。

彼は居合の達人で、薩摩での戦でも、抜き打ちに斬られた者が何人いたことか。

一対一で居合の勝負になれば、俺は負けたかもしれない。

「それはわかりません。なにか知っていたら教えていただきたいと思っただけです」

「バカ正直だな」

藤田氏は呆れたように息を吐いた。今日初めて、彼の表情が動いた。

「すまんが、わからんな。そもそも新選組の古参隊士はほとんど死んだし、その家族は朝敵となった者のことを隠してひっそりと暮らしているだろう」

約一年にわたった戊辰戦争で、新選組は敗れた。

局長近藤勇（こんどういさみ）は斬首、副長土方歳三（ひじかたとしぞう）は旧幕軍と合流して北上し、函館政府の主要人物となったが、結局戦死した。

「あまり昔の仲間と連絡を取り合っておられないのですね」

「ああ、ほとんど皆無と言っていい」

藤田氏は短い言葉で応じた。あまり自分のことをベラベラ話す性格ではないようだ。

「藤田警部補は結婚されていますか」

「妻はいるが、それがなにか」

彼は初めて眉根に皺を寄せた。

俺のことを警戒しているのだろう。

「俺も結婚したいと思っているのです」

「結構なことだ」

「あなたは、怖くありませんか。自分に恨みを持つ者が、報復に来るかもしれないと思うことはありませんか」

藤田氏は眉間の皺を和らげ、俺の顔をじっと見返した。

俺自身、なぜこんなことを聞いてしまったのかわからない。

ただ、俺を狙う者の情報が得られればと思っていたのに。

「……君の妻になる人は、君の素性を知っているのか」

「はい」

うなずくと、彼もうなずき返した。

「では、なにも恐れることはない。先のことを恐れていてもどうにもならない」

藤田氏は袖から紙と矢立(やたて)を取り出す。

「俺の妻はなにもかも覚悟して一緒になった。君の妻になる人も、そうなのだろう。先への不安よりも、君への情が勝ったのだ」

「はい……」

「女子は俺たちが思っているより、ずっと強い。大事にすべきものを、見誤らぬことだ」


うたは、すべてを覚悟して俺と一緒になろうとしてくれている。

そうだ。彼女は俺が元人斬りだと知ったときも、恐れはしなかった。

俺が彼女を傷つけることを恐れているだけなのだ。

「住所をここに」

差し出された紙と矢立を、思わず受け取る。

「なにか聞いたら知らせる。狼の聴覚は人間のそれよりも鋭いからな。阿片の調査が終わるまで、俺はこの辺りの宿にいる」

彼は俺が書いた連絡先を受け取ると、挨拶もせずに去っていく。

俺はその背中を、黙って見送った。

そうだ。見誤ってはいけない。

どうすればうたは幸せになれる。俺から離れることで幸せになれるのか。

答えは否、だ。

彼女が覚悟を決めてついてきてくれると言っている以上、俺は彼女を信じて進むまで。

俺は踵を返し、部下の元へ戻るために歩き始めた。

帰るべき場所

最近、馨様の様子がおかしい。

この家に来てもう三週間が経とうとしている。

最初の一週間で人が変わったくらい態度が柔らかくなった馨様は、次の一週間で私を溺愛する旦那様に変わった。

そしてここ一週間は、難しい顔をしてなにかを考えこんでいる。

非番の帰り道に刀を持った男たちに襲われた。あの日から、彼は出会ったときの彼に戻ってしまったみたいだ。

仕事から帰り、一緒に食事をとるまでは今までと変わらないけど、笑顔を見せてくれることが少なくなった。

反対に仏頂面で考えこんでいることが多く、こちらも話しかけるのをためらう。

命を狙われているんだもの。そう思えば、元気をなくしても当然よね。

かといって、私まで暗く塞ぎこんでいたら、この家は年中お葬式のようになってしまうので、つとめていつも通りに振舞っているつもりだ。

そういえば、つい二日くらい前、うちに珍しくお客様がいらっしゃったのよね。美男といえば美男だけど、目鼻立ちがくっきりしている馨様とは系統が違う、日本風のあっさりした美男だった。

彼は夕餉前に現れた。上がって一緒に食事をと誘ったけど、断られた。あまり社交的じゃないところは、馨様と似ていた。

『彼と少し話をしてくる』

と、着物に着替えた馨様は、訪ねてきた男性と出かけてしまった。

用件は短いものだったのか、彼はすぐ戻ってきた。

『あの方はどなたですか？　もしや邏卒の？』

尋ねると、彼は小さくうなずいた。

『大規模な犯罪組織調査に加わっている、藤田警部補だ。普段は別の地域を担当している』

『へえ』

藤田警部補ね。年も馨様と近いようで、優しそうな垂れ目が印象的だった。

それなのに、常人ではないという雰囲気が、全身から漂っていた。そんな気がするだけなのかもしれないけど。

もしや、藤田警部補も元人斬りなのかしら。

ふとそんなことを思ったけど、なんの根拠もないので口にするのはよした。

馨様が稀代の人斬りだったといっても、邏卒全員がそんな重大な過去を背負っているわけではないわよね。

藤田警部補の話は短い紹介で終わり、なにを相談してきたのかは警察の守秘義務とかで教えてもらえなかった。

「いってらっしゃいませ」

今日も仕事に出かける馨様を、トミさんと一緒に見送る。

「いってきます」

彼は薄く微笑み、家を出ていった。

いつものように家事や読書をするのにも、ちょっと飽きてきた。三国志、読み終えちゃったし。

暇になった私はお昼前に、庭仕事をしている成吉さんに声をかけた。

「ねえ、成吉さん。今日は外に行くのでしょう。私も連れていってくれませんか？」

庭にある太い松の枝の上に乗って剪定作業をしていた彼は、首を横に振った。

「無理ですよ。うたさんになにかあったら、俺がご主人様に殺されちまう」

迷惑そうに、彼はそう言った。

「でも、狙われているのは馨様なんでしょう。あなたと一緒に行けばわからないんじゃないかしら？」

「そういう問題じゃないんですよ。この屋敷自体が……」

途中まで言って、彼は口を閉ざした。

この屋敷がどうかしたのだろうか。彼は馨様の身の丈以上の高さの枝に立っているので、声が聞き取りにくい。

「とにかく、俺は連れていけませんからっ」

成吉さんは私から逃げるように、他の枝へ飛び移った。

さらに隣の木へ、別の木へとおサルのように飛び移り、私の視界から消えてしまった。

「えええ、嘘でしょ。すごい！」

なに今の。成吉さんって、あんなに身軽だったの？　人間じゃないみたい。

「成吉さーん。その技、私にも教えてくださいなーっ」

できるかぎり大きな声で、成吉さんに届くように叫んでみたけれど、返事はなかった。

まさか敷地の中でまかれちゃうなんて。成吉さんたら、いったい何者なのかしら。

「ちょっと街の様子を見たかっただけなのに」

別に、馨様の代わりに彼を狙う犯人捜しをしようだなんて思っていない。

ただ、なんでもいいからなにか手がかりがあれば幸運だなと思っただけなのよ。本当に。

仕方ない。馨様に私を外に出さないよう、釘を刺されていると見える。

無理やり同行させたのがバレて、あとで成吉さんが怒られたんじゃあ可哀想だものね。

「じゃあ、ひとりで行かせてもらいましょうか……」

廃刀令が出て、普通の人は刀を持って出歩けなくなった世の中だ。

それに昼間の人気がある場所なら、やたらと襲ってこないだろう。

敵だって愚かではない。明るければ、誰かに姿を目撃される可能性が高くなるのはわかりきっている。

馨様が出かけてしまえば、この家には成吉さんとトミさんだけ。

ふたりとも今は別の場所で働いている。

私は基本家の中では自由行動を許されているので、働こうが寝ていようが、なにも言われない。

あ、でも……私が出かけたことがバレたら、結局ふたりが怒られるのかしら。見逃したと思われちゃうかも。

うーん、馨様より先に帰ってくればバレないわよね、きっと。

こっそり出かける準備をして、門へ向かう。

下駄は足音がするのでわざわざ草履を履いて、砂利を敷いていないところを歩いた。ほら。余裕で外に出られるじゃない。初めからこうすればよかったのよ。

そっと門を開けて、隙間から顔をのぞかせた私は、思わずのけぞった。

「おお！」

門を開けたすぐそこに、お父様の姿があったからだ。

一瞬頭が働かなくなったけど、私はすぐに隙間から外へ抜け出した。

そうっと門を閉めると、お父様は怒涛の如く話し出す。

「元気そうだな、うた」

「お父様、ちょっと声を低くして」

「なんとまあ、格式高い武家の奥方のようじゃないか！」

「いいからこちらへ」

こんなところで話していたら、成吉さんやトミさんに聞かれてしまうかもしれない。勢いのまま外に出た私は、お父様の手を引き、早足で歩く。

道の角を曲がって屋敷が見えなくなると、やっとお父様の手を離した。

お父様は前よりも痩せ、少し歩いただけでぜえはあと荒い息をしていた。

多分、徒歩でうちから桐野屋敷まで来たのだろう。その顔に疲労の色が濃く浮かんでいた。

「今さらなんなのですか」

私としては、あの家を出た日に、親子の縁は切れたものだと思っている。

正式な手続きはできなくとも、馨様は私を妻だと認めてくれている。それでじゅうぶんだった。

お父様のことを一度も思い出さなかったわけはないし、どうやって暮らしているのか心配ではあったけど、直接会う気はなかったのに。

どうしてわざわざ今、会いに来たのかしら。

「……すまなかった、うた！」

お父様は、いきなりその場に土下座し、地面に頭を擦りつけた。

「ちょ、どうしたのです。やめてください」

慌てて起こそうとするけど、彼は地に伏せたまま動かない。

まるで、馬車に轢かれたカエルみたい。

「いいや、蹴ってくれ。殴ってくれ。俺は人の親として最低のことをしてしまった。到底許されることではないが、こうして謝りにきた」

今まで一度も謝ったことがないお父様が、私に向かって平伏している。

ううん、謝るどころか、私がお父様に尽くすのが当たり前で、労いの言葉ひとつもかけてもらったことがなかったっけ。

それは今どうでもいいけど、いったいどういう心境の変化があったのかしら。

「ええ、そうですね。最低ですね」

ご一新前から、家同士、親同士が勝手に結婚相手を決めるのは普通のことだった。

彼は古い人間だから、いい家柄の男に嫁ぎさえすれば娘は幸せになれると妄信していたのだろう。

それはまだわかる。しかし、だからといって無理やり手籠めにさせ、既成事実を作ろうとしたことは許せない。

しかもお父様は、私が泣き叫んで嫌がっている声が聞こえていたはずなのに、鍵を開けて助けにきてくれなかったのだ。

思い出せば思い出すほど、腹が立ってくる。

私だって、できればずっと親孝行な娘でいたかった。

その気持ちを打ち砕いたのは、彼自身だ。

「申し訳ない！」

今さら自分のしたことを懺悔されても……。

迷惑そうな成吉さんの顔を思い出した。私も今、同じような顔をしていることだろう。

あのことを許すには、まだ日が浅すぎる。

黙って立ち去ろうと足を動かすと、縋りつくようにお父様が顔を上げ、訴えかける。

「この前なあ、タツが夢枕に立って泣いてたんだよ。うたに謝りなさいと怒られた」

タツとは、お母様の名だ。

そりゃあお母様は泣くでしょうね。自分の伴侶がこんなに情けない人だと知ったら、
私だってむせび泣く。

「謝罪が目的なら、もう結構ですから」

謝ってすっきりするのはやらかした方だけで、ひどいことをされた方はいつまでも覚えているし、許さない。

このまま出かける気分にもなれず、仕方なく屋敷に戻ろうと踵を返す。

「おおお、待ってくれ。俺が悪かった。帰ってきてくれ、うたああ」

悲鳴のような叫び声が聞こえ、ぎょっとして振り返る。

頭を土に擦りつけるお父様を、ちょうど通りかかった魚屋さんが、じろじろと見て通っていった。

恥ずかしい。近所の噂になったら嫌だわ。

「ちょっと。ねえ、顔を上げてくださいな」

まるで私がいじめているみたいじゃない。

泣き落としが通用すると思っているところが、やっぱり童と同じ。哀れというよりはうんざりする。

「今は帰りません。ですが、馨様がいいとおっしゃれば、いずれ帰ることはできると思います。と言っても、顔を見せに行く程度ですが」

「うっ……ううっ……」

「私と馨様の結婚を認めてくださるなら、お父様の今後の身の振り方も考えます。というか、馨様がそうおっしゃってくれているのです」

なんとか立ち上がったお父様は、袖で顔を隠してこくこくとうなずいた。

まさか、こんなにあっさりと承諾するとは思わなかったので、こちらが驚く。

お父様の許可があれば、馨様と結婚することができる。

この辺りが潮時か。

恨みはなにも生まない。こんなに哀れなお父様に、これ以上恥をかかせなくてもいい。

もう恨み続けなくていいと思うと、嘘のように心が軽くなった。

「認めてくださるのですね。ではまた今度、馨様と一緒に伺いますから。今日は家まで送っていきましょう」

「すまないな……本当にすまない……」

馨様との結婚に許可をくれるなら、それで過去のことは水に流すとしよう。

私が望むのは、馨様と一緒にいることだけなのだから。

もしかしたら、結婚を認めることを謝罪と同時に伝えに来たのかもしれない。

それならば、ありがたいことだ。あれだけ頑なに結婚は許さないと言っていたのだから。

私は黙って父の背中を押し、実家までの道を歩き始めた。

運よく馬車が通ったので、賃金を払い、乗せてもらうことにした。

欧州風の乗合馬車ではなく、馬一頭が幌もないむき出しの座席を引く、安い馬車だ。

ガタガタと揺れる馬車の座席で、隣に座ったお父様は無言でうつむいていた。

そろそろ馨様と出会った、追剝ぎが出た竹藪にさしかかる。

数か月前のことなのに、昨日のように鮮明に思い出せる。

風のように速く私を抱き上げ、救ってくれた彼のことを。

彼と出会わなければ、私は今も手をあかぎれだらけにし、明日の希望もないまま働いていたことだろう。

叶うことなどないと思っていた願いが、実現しようとしている。

私はもうすぐ、馨様の正式な妻になれる。

彼はなんと言うだろうか。きっと、喜んでくれるよね。

ぼんやり馨様のことを思い出していたら、突然座席が大きく揺れた。

咄嗟に手すりを摑んで体を支える。馬が嘶き、たたらを踏むのが見えた。座席が左右に揺さぶられる。

「おわあっ」

「お父様！」

お父様が手を滑らせ、地面に放り出された。

いったいどうして、いきなり馬が暴れ出したのだろう。

揺れる座席に摑まるのに精いっぱいで、周りが見えなかった。

「な、なんだ？　お前たち、家で待っているんじゃなかったのか？」

腰を押さえて顔を上げたお父様の叫びに、ハッと目を開けた。

揺れが収まってきた座席から見えたのは、馬の前に立ちはだかる、頭巾を被った男たち。

三人は短刀を持ち、ふたりは短い銃……たしかピストル、だっけ。を持っている。

どういうこと。彼らは、お父様の知り合いなの？

それにしてはおかしい。顔の下半分を隠すような頭巾は、馨様を襲った人たちの姿を彷彿とさせる。

「お父様」

目の前の不審な男たちと知り合いのような口ぶりだったお父様をにらむと、気まずそうに視線を逸らされた。

「ちょっと！」

後ろめたいことがあるのだろう。お父様は私と目を合わせようとしない。

「お嬢さん、俺たちはあなたを害するつもりはない。それが契約だからな」

男たちは私に優しく語りかける。

やっぱり、馨様を狙っている輩かも。誰かに雇われているのか。

お父様を信じたりするんじゃなかった。私も大概マヌケだ。

この頑固親父が、あっさり改心するわけなかったのだ。

説明を求めるまでもなく、身の危険しか感じない。馨様の屋敷に帰らなければ。

「御者さん、このまま元の道を戻って」

「ちょ、ちょっと待ってください。馬が興奮して……」

咄嗟に御者に指示をするも、道は狭いし、馬は刀に怯えたのかなかなか言うことをきかないし、完全に立ち往生してしまった。

「お嬢さん、降りてくれませんか。私は巻き込まれる理由がありません」

御者が泣きそうな顔で言うので、申し訳なくなってきた。

こんなガラの悪そうな男たちに囲まれたら、そりゃ怖いわよね。

でも、だからって私にこの状況で馬車から降りろと?

「薄情な人ね！」

「馬が嫌がってるんですよう」

「もうっ」

私は揺れる座席から渋々降りた。

不本意だけど、御者が巻き込まれて怪我をしたりしたら、寝覚めが悪い。

私が降りると、馬は座席が軽くなったからか、だいぶ落ち着いた。

男のひとりが近づいてきて、御者に札束を握らせる。

「いいか、このことは他言無用だ。ベラベラと話せば命はない」

「は、はいわかりました！」

御者は裏返った声で返事をすると、馬の首を反対方向に向けた。

不審な男が近づいたせいか、せっかく落ち着いてきた馬が興奮したようにウロウロしたと思うと、突然ものすごい速さで走り去っていった。

もうもうと巻き上がった土煙の中、私は呆然と立ち尽くした。

傍らには先に放り出されたお父様がしりもちをついた格好で座っている。しかし尋問しても、おそらくなにも話しはしないだろう。

土煙が落ち着いた頃、私は男たちに直接問いかける。

「あなたたちは、誰に雇われたのですか。馨様をおびき寄せるために、私を攫うつもり？」

お父様が絡んでいるということは、私の命をどうこうしようというより、馨様の命を狙っている可能性が高い。

いくらぼんくらでも、お父様は娘を殺せるほど非情ではないし、第一気が小さい。それに、大事な働き手である私には帰ってきてほしいはず。働かなくとも、誰かと政略結婚させたらいい。

「それをここで言うつもりはない」

彼らは私をじりじりと取り囲む。

どっちを見ても、逃げられそうな隙間はない。

こめかみを冷や汗が流れる。

「観念して我らと来なさい。素直に来れば、悪いようにはしない」

押し殺したような低い声に、身が震えた。

「嘘よ」

そんなこと、信じられない。

私はお父様の前にしゃがみ、無理やり視線を合わせた。

「まさか、宏昌さんの差し金じゃないでしょうね？」

宏昌さんは馨様に私を横取りされている。

気弱そうに見えたけど、華族の誇りを傷つけられ、怒っているのかも。

それに彼なら、豊富な資金がある。

生活に困っている没落士族を数人雇うくらい、どうってことないだろう。

詰め寄ると、お父様の額から大量の汗が流れ落ちてきた。

「やっぱり」

よく考えれば、お父様と私の関係を知っていて、かつ馨様に恨みを持つのは、宏昌さんしかいない。

「この前斬りかかってきたのも、宏昌さんに雇われた人たちね？」

立ち上がって男たちの方を向くと、彼らはにやりと薄く笑った。

「その名を大きな声で言わない方がいい」

私はごくりと唾を飲みこんだ。

やはり、宏昌さんが馨様の命を狙っているんだ。

ということは、結局、私のせいで彼を危険に晒しているということ。

私を助けたりしなければ、彼は宏昌さんの恨みを買わず、命を狙われることもなかった。

「宏昌さんのところには行かないわ」

「強情な娘だな。あの方の元なら、なに不自由ない暮らしができるのに」

「そんなもの、なによ。馨様の方が、私を大事にしてくれるわ。こんなふうに、物みたいに扱ったりしない」

「まあ、そう言わず」

男たちは包囲を狭めてくる。

どうせ私が逃げられるはずはないと思っているのだ。

このまま捕らわれ、人質にされたら、馨様は圧倒的不利に陥る。

そんなことはさせない。

私が馨様を守る。

私は髪に挿していた簪を抜き、自分の首に当てた。はらりとほどけた髪が背中に落ちる。

「それ以上近づいたら、死ぬわよ」

男たちの動きが止まった。目元は強張っているが、隠れた口からは笑い声が漏れる。

「おいおい、やめておけ。そんなのじゃ死ねないぞ」

「やってみなくちゃ、わからないわ」

ぐっと簪の先端を首に押し付けると、皮膚が破れる痛みを感じた。

「うた、やめろぉ」

お父様の哀願するような声が足元で聞こえたけど、私はそちらを見なかった。

こんなもの、馨様が長年受け続けてきた心の痛みに比べたら、どうってことない。

馨様、ごめんなさい。くだらないことに巻き込んで。

あなたの重荷になんて、なりたくないの。だから……。

震える手を心の中で叱咤し、瞼を閉じて簪を強く握りしめた、そのとき。

「待て」

聞き慣れた低い声に、目を開ける。

「あっ……！」

私は目を疑った。

男たちが振り向いた先に、馨様が立っていた。

今日は仕事だったはず。その証拠に、警部補の制服を着ている。

夢ではないかと、何度も瞬きした。

「俺の妻に手出しをするものは、何人たりとも許さない」

殺意を込めて男たちをにらむ彼の目に、ときめきかけた胸が縮み上がった。

「桐野か……！」

五人の男が私の包囲をやめ、彼の方を向いた。

私はそのすきに、後ろに下がる。なぜかお父様もついてきた。

「早く帰った方がいいぞ。仲間が今、お前の屋敷に火を放っているはずだ！」

「ええっ！」

「それは大変だ！　うたのことはわしに任せて、さあ早く！　戻るんだ！」

男たちの脅しに乗っかるように叫んだお父様。

いつの間にか私の前に立つその首を、両手で絞めてやりたくなる。

私は簪を投げ捨て、彼に詰め寄った。

「お父様！　あなた、全然反省していないじゃないの～！」

お父様は、まだ宏昌さんと私を結婚させることを諦めていないんだ。

私を攫い、宏昌さんに引き渡し、ついでに桐野邸を焼き払うという計画に乗ったのか。なんて恐ろしいことを画策したのか、わかっていないの？

「ほ、本気だぞあの方は。華族を甘く見ない方が……」

さすがに首は摑まないけど、お父様の襟首に摑みかかった私を、馨様の声が止めた。

「うた、離してやれ」

「馨様」

「やりたければやるがいい。その際、お前たちの仲間とやらの安否は保証しない」

彼は涼しい目をして言い放った。

やりたければ……って。だめよ。屋敷のトミさんと成吉さんが危ない。

ここで戦うより、すぐにでも帰った方がいいのでは。

この前はあっという間に馨様が勝ってしまったけど、相手だってバカじゃない。もっと強い人たちを雇ったはずだ。戦いに時間がかかれば、屋敷に火の手が上がるのを阻止できない。

しかも、相手はピストルを持っている。

気を抜けば、いくら馨様でも危ないのではないか。

それに、前のように、戦ううちに彼が我を忘れてしまったら……。

緊張感が増し、ごくりと唾を飲みこんだ。

「この前のやつらを追い払ったからといって、いい気になるなよ。あんなのほんの下っ端で……」

ピストルを持った男の言葉を遮る馨様。

「うちの使用人も甘く見ない方がいい。あれらは、幕末を生き抜いた密偵たちだ」

「ええーっ？」

思わず叫んでしまった。

そういえば、トミさんはいつも素早いわりに足音がしなかったし、成吉さんはおサルのように木の枝を飛び移ることができた。

彼が外に用事をしに行っていたのも、情報収集のためだったりして。

ふたりともそこまで常人離れしている様子は見たことがないけど、本当に密偵だったのかしら。

「先ほどもトミが君ひとりで出ていったのをすぐ察知したから、追いつくことができた」

馨様が嘘をついているような様子はない。

たしかに、お父様と門の外で出会ってからここまで、それほど時間は経っていない。

トミさんや成吉さんが只者ではないからこそ、すぐに異変に気づき、馨様に連絡を取り、助けにくることができたのだ。

「ということは、今ふたりがお屋敷を守っているのですか？」

「ああ。少し前から屋敷が監視されているようだったから、備えは万全にしてある。今頃こいつらの仲間の方が泡を吹いていることだろう」

そういえば、今朝成吉さんがなにか言いかけた。

あれは、屋敷自体が取り囲まれているから、外に出ない方がいいと言いたかったのね。

「ははは、下手な作り話だ」

不審な男たちが顔を見合わせて笑った。

誰もが、トミさんと成吉さんのふたりで屋敷を守りきれるわけがないと思っているみたい。

どれくらいの人数が投入されたのかはわからないけど、昼間にそれほど大勢は動き回らないだろう。

ふたりの安全を願う私と対照的に、馨様は冷静な顔で男たちを見回した。

「さて、どうする。放火と誘拐で逮捕されるか、それとも」

彼はすらりとサーベルを抜き、彼らに切っ先を突きつけた。

「俺と剣を交えるか？」

サーベルを構えた瞬間、周りの空気の密度が変わったような気がした。

風が震え、威圧された私とお父様は、彼から距離をとるように離れるしかできない。

「もとよりそのつもりだ。戊辰戦争の恨み、ここで晴らしてやる！」

刀を持った男たちが一気に斬りかかってくる。

「戊辰戦争の恨みって……」

「彼らは誇りある元幕臣だ」

お父様がなぜか胸を張る。

なにが元幕臣よ。戊辰戦争よ。いつまでそんなこと言ってるわけ。

元幕臣だって政府の要職に就いている人もいるし、最後の将軍様だって、ちゃっかり生き残って公爵の位を与えられ、のんびり暮らしているじゃない。

恨みだなんだって言ってるのは、時代に乗り遅れた野暮な没落士族だけよ。

「みんな、利用されちゃだめ！」

裕福な華族に利用され、無益な戦いをするべきじゃない。

しかし私の言葉は、誰にも届かなかった。

馨様は左から突き出される短刀をひらりとよけ、右から来たひと振りをサーベルで打ち払う。

そのとき、馨様のサーベルが真ん中でぽっきり折れてしまった。

「ああっ！」

日本刀に比べて細いサーベルは、強度が弱いのか。それとも、彼の力が強すぎて衝撃に耐えられなかったのか。

丸腰になってしまった馨様は慌てることなく、後ろに回りこんだ敵の腹を長い脚で蹴って吹っ飛ばした。

すごい。どうしてそんなに落ち着いていられるの？

夢中で彼らの戦いを見ていた私に、少し離れていた敵が駆け寄ってきた。

逃げなければと思うより先に、背後をとられた。首の前に腕を回され、身動きが取れなくなった。

「動くな！　この女と爺がどうなってもいいのか」

ごりっと、冷たく固いものがこめかみに当てられる感触に震えた。

これは刃物なんかじゃない。おそらく、ピストルだ。

簪なんて比べ物にならない。一瞬で命を奪える武器。

馨様は脇を狙ってきた短刀を避け、相手の首の裏を打つ。相手はそのまま地面に倒れ込んだ。

「うたを傷つけたら、お前たちの主人が怒るんじゃないのか」

冷静に言われ、馨様を取り囲んだ男たちもその場に立ち尽くす。

そう言われればそうだ。宏昌さんが黒幕の場合、私を人質に取る意味、あるのかな？

しかし、ピストルを持った男は高らかに笑った。

「すべてお前をおびき寄せる罠だったんだよ。他の男に汚された女など、もういらないとよ。事実を知っているこの爺も、消す予定だ」

「なんだとお？」

素っ頓狂な声を出すお父様。

じゃあ最初から、お父様を使って私を攫い、馨様をおびき寄せ、三人一緒に始末して、ついでに桐野邸まで焼き払おうとしたと。

へなへなとその場にへたりこむお父様。

「あの方をコケにした罰だ」

コケにするって……私は最初から、その気はないし結婚もしないと言っていたのに。

そっちこそ、「他の男に汚された女など、もういらない」って随分な言い方じゃない。

私は汚されたりしていない。慕う人と夫婦になったのだ。

なにより、女性を物のように思っているのが許せない。

「最初から、風の強い夜を選んで、うちの屋敷に火を放てばよかったのではないか」

「はっ……いや、それではいけないのだ。愛しい女を目の前で殺される苦しみを味わわせてやれというご命令だからな」

後半、ピストルの男の歯切れは少し悪かった。

馨様が起きているときに襲うより、寝ているときに襲うのが一番確実だったのでは。あのお屋敷は広いから、火が奥座敷に回る前に気づかれて逃げられる可能性は大いにあるけれども。

「お坊ちゃんめ、本当は焼き討ちする度胸などないんだろう。大事になるからな。おそらく、俺の注意を散漫にさせるための嘘と見える」

こめかみのピストルがびくりと動いた。

馨様の言う通りなのかしら。

たしかに放火は、こっそり誰かを殺すよりもはるかに大事件になる。目撃者は多くなり、風向きによっては他の民家や街を巻き込む。

そこまでの度胸は、たしかに宏昌さんにはなさそう。

「俺が邏卒だから、引くに引けなくなったか。いつ逮捕されるかと、怯えて暮らすのが嫌になったか」

馨様は折れたサーベルを地に投げ捨てた。

そうか、宏昌さんは私を襲った現場を彼に見られたことを気に病んでいるんだ。

「お前たちはそんな男に仕えているのか？　誇り高き元幕臣なのに？」

問われたピストルの男の手がぶるぶると震え出した。

怒っているのだろうかと思いきや、その手は異常なほどに震えている。

「うるせえ、殺してやるっ」

頭の後ろで叫ばれ、耳がキーンとした。まるで犬の遠吠えのよう。

こめかみの横でがちゃりと金属が動く音がする。

撃たれる……！

ぎゅっと目を瞑ると、肩の上になにかがぼたりと落ち、着物の上を滑って足元に落ちた。

「うぎゃあああああっ」

恐ろしい悲鳴に驚いて振り返ると、私を拘束していた男が地面にうずくまっていた。

その手が、真っ赤に染まっている。

なにが起きたのかわからない私の前に、ひとりの男の人が立っていた。

「見ない方がいい。指を斬り落とした」

そう呟いてサーベルについた血を振って払ったのは、藤田警部補だった。

私はピストルの男から慌てて背を向ける。

自分の顔の横で誰かの指が斬り落とされたなんて考えたくなかったし、地面に落ちた指も目撃したくはなかった。

え、ちょっと待って。手首ならまだしも、指？　そんなことができるの？

疑問に思ったけど、本人がそう言うのだからそうなのだろう。確認するのはやっぱりやめた。

「怯えずともよい。俺は君の敵ではない」

藤田警部補が私の肩をぽんと叩く。その瞬間、残った四人が馨様に一気に襲いかかった。

「うおおおおっ」

距離があるからよくは見えないけど、四人の様子が普通じゃないことがわかる。

馨様を見ているようで、他のなにかに怯えているような……。

「桐野、どうする」

パンッとピストルから弾丸が放たれる音が響き、耳を押さえて縮まる。

そんな私を支えるように抱く藤田警部補に、彼は答えた。

「助太刀無用。うたを頼みます」

「承知した」

藤田警部補は持っていた日本刀を、馨様に向かって投げた。

彼はそれを受け取り、見えないほどの速さで駆け抜け、左から襲ってきたひとりを抜き打ちにし、斜め右にいた敵の顎を切り上げた。

「馨様！」

「案ずるな。峰打ちだ」

藤田警部補は冷静になりゆきを見守っている。

というか、私には馨様が刀を抜いた瞬間すらよく見えなかったのに、それが峰打ちかどうか判断できるの？　すごい目を持っている。

いくら峰打ちだろうが、私は馨様に戦ってほしくない。

誰かと戦うたびに、彼の心は傷を負ってきた。そんな気がするから。

心細くて、ぎゅっと藤田警部補の着物を握った。

すると、馨様の声が飛んでくる。

「うた、他の男にあまりくっつくな！」

そう言いながら、突き出された刀を持った敵の手首を摑み、なにをどうしたのかぐるりと相手の体を旋回させ、地面に叩きつけた。

残りはピストルの相手ひとり。

さっきから彼は仲間が邪魔なのか、なかなか銃弾を放てずにいた。

仲間がみんな地に伏し、馨様だけが立っている。
「危ない！」
続けて二発、銃声が聞こえた。
しかし馨様は臆することなく、ピストルを構える相手に突っ込んでいく。
あんなに近かったら、今度こそ当たってしまうかも。
私は怖くて顔を手で覆った。
「俺たちも討てなかった桐野を、やつらに仕留められるものか」
すぐ近くで聞こえた藤田警部補の声に、瞠目する。
今のはどういう意味？
そんなことを聞く余裕もなかった。
最後の弾丸が馨様の肩口を切り裂き、赤い花がパッと咲いたように見えた。
「ああっ！」
私の悲鳴など彼には聞こえていないよう。
彼は片手で握った刀を、思い切り振り上げた。
斬ってしまうの？
目が離せない私の前で、彼は刀を振り下ろした。

柄が敵の頭のてっぺんにめり込み、ごおんという鈍い音が響いた。

白目をむいた敵は、その場に大の字に倒れ込んだ。

「え……」

「柄で殴られると、痛いぞ」

藤田警部補は戦いが終わるのを見届けてから、袖から出した縄で五人の体を拘束し始めた。

峰打ちでもなく、ばっさり切っちゃうわけでもなく、柄で殴るなんて。そんな戦い方があるの？

いや、そうだ。彼は幕末の動乱を生き延びてきた人斬り。

一対一の綺麗な戦いなど、竹刀の手合わせでしかない。

実際の戦闘では、柄でも鞘でも、なんでも使ったに違いないのだ。

馨様は狂気に支配されることなく、さっさと刀を鞘に収め、藤田警部補に返した。

よかった。この前みたいに、つらくないみたい。

呼吸が安定している彼を見たら、やっと肩から力が抜けていく。

「やはり阿片を吸っていたな。様子がおかしかった」

藤田警部補に話しかけられ、馨様が冷静な顔で返事をした。

「そのようだ。すぐに医者の元へ運ぼう」

阿片って、陶酔をもたらす薬物だっけ。常習すると、幻影が見えたりすると聞いたことがあるけど……男たちの目つきがおかしいのは、阿片を吸っていたからなのか。

「それは俺がやる。協力してやったのだから、手柄はもらうぞ。お前は奥方を」

慣れた手つきで男たちを捕縛した藤田警部補が言った。

馨様が私の方を見て、うなずく。

「大丈夫か、うた」

彼は疲れを感じさせない顔で、微笑んだ。

恐ろしいほど強いけど、やっぱり優しくて愛しい人。

「大丈夫か、じゃないでしょう！」

私はつかつかと彼に近寄り、肩の傷に手ぬぐいを縛り付けた。

「いてっ。君、縛り方が荒いな」

「痛いのは弾丸がかすったからでしょう。なんていう無茶をするんです！」

涙が滲んだのを見られないように、制服を着た彼の胸に飛び込む。

かすっただけだったからよかったものの、一歩間違えたら致命傷になりかねなかったのだ。

「奥方は心配性だな。俺はお前がやられるなどとちっとも思わなかったが」

藤田警部補がいらぬ口を挟んだので、私は彼をキッとにらんだ。

「こらこら。藤田警部補のおかげで助かったんだから、にらむな」

「だって……」

「この方は、元新選組三番隊隊長、斎藤一殿だ。明治になって名を改め、藤田五郎と名乗っている。薩摩の乱で一緒に抜刀隊として働いた」

すらすらと言う馨様の言葉の途中で、遠くから複数の足音が近づいてくるのが聞こえた。

そちらを見ると、制服を着た邏卒がぞろぞろと向かってきているのがわかった。

「新選組って……ええーっ！」

お父様が驚嘆の声をあげたので、藤田警部補は顔をしかめた。

そういえば、抜刀隊に元新選組の人がいたって言ってたっけ。

まさかこの地で再会していたとは。そして、今まで内緒にされていたとは。

「邏卒隊の到着だ。静かにしてもらおう」

藤田警部補は、元新選組ということをあまり公にはしていないみたい。

そりゃあ新選組といえば幕府側の組織で、ご一新で朝敵とみなされたんだものね。

だから馨様も、今まで私に藤田警部補のことをベラベラ話さなかったのかも。

「警部補、お疲れ様であります！」

「桐野邸周辺のごろつきはすべて捕らえました！」

到着した邏卒隊は、藤田警部補の部下のようだ。彼に報告して敬礼する。

「よし、これらを運べ」

藤田警部補はすっとしかめっ面を平常なものに戻し、部下に指示をした。

「高屋敷家の方はどうなります？」

馨様が藤田警部補に尋ねる。

「これから家宅捜索をし、阿片密売の証拠を押さえる。高屋敷宏昌は尋問のために署に連行する」

私は彼らの顔を交互に見る。いろいろ聞きたいけど、話しかけていいかしら。

「あの……阿片って？」

ためらう私に構わず、お父様が口を開いた。おずおずといった雰囲気だけど、よく聞けたわね。

うーん、空気を読めないって、ある意味才能かも。

つんと顔を背けて無視をする藤田警部補に代わり、馨様が説明する。

「巷で阿片という、幻覚を見せる薬物が出回っていることはご存じですか」

「え、いや、はい」

お父様は言葉を濁した。

知っているはずはない。世捨て人同然の生活をしてきたのだから。

「そういうものを外国から持ち込んで密売していた者がいたのですが、それを高屋敷宏昌と、その兄が行っていることがわかりました」

「えええっ！」

泡を吹きそうな勢いで、お父様は白目をむいてのけぞる。

「藤田殿は、阿片取り締まりのために特別に派遣されてきていたのです。彼は情報収集の達人とのことだったので、俺の命を狙っている者の正体も、もしわかったら教えてほしいと頼んでありました」

「あわわ……」

「いろいろと恨まれてはいますが、今回の件は十中八九高屋敷家が絡んでいるような気がしたので、調べは早く済みました」

馨様は、目の前で私を攫われた宏昌さんが、このまま黙ってはいないだろうと思っていたそう。

そして、刺客もなんとなく素人くさいというか、三流だったのも気になっていたとか。

同業の元人斬りや、政府要職関係者、または新選組なら、もっと腕がよかったり、最新の武器を持ってくるはずだと判断したらしい。

「新選組は昔、己の誇りを守るために戦った。今はそれぞれの道を歩んでいる。ひとりの人斬りに固執して復讐を企む暇なやつなど、いやしないさ。維新は桐野ひとりで成し遂げたものではない。時代の流れだったのだ」

現に藤田警部補も、戊辰戦争に負けて相当つらい思いをしたのであろう。

それでも鍛えた腕一本で、現代の人々を守るために邏卒になり、戦っている。

馨様と藤田警部補は、昔は敵対する者だったけど、今は似たもの同士だ。

「しかし、阿片まで絡んでくるとは思わなかったな。二つの事件を同時解決できて幸運だった。これで俺は家に帰れる」

藤田警部補は少し離れた場所から出張してきて、今は宿暮らしらしい。

家には奥さんが待っているとか。

そう思うと、新選組だってやっぱり、ただの人間なのだと思う。

とにかく、馨様の言うことをまとめるとこうだ。

彼の命を狙っているのは宏昌さんだと目星をつけ、その周辺を探っていた。

するとあっさり最初の刺客と姿形の似た人が高屋敷家周辺にいたという目撃情報が出てきた。

さらに藤田警部補が目をつけていた、阿片密売の場になっていたと思われる賭場に出入りしていた者が、高屋敷家の使用人と接触しているのがわかった。

「あいつらは金だけでなく、阿片も渡されていたんだろうな。阿片は依存性があり離脱症状もキツイから、継続して欲しくなる。高屋敷はそれを利用して、何人もの男を操っていたんだろう」

「誇りもなにもあったものじゃありませんね」

お父様は私たちの話を聞き、小さく縮こまっていた。

まさか自分まで命を狙われているとは思わなかったのだろう。

「で、桐野。こいつはどうする？　高屋敷一味ととらえることもできるが。お前の命が危ないのを知っていて、手を貸したわけだからな」

藤田警部補が木枯らしのように冷たい声で言うので、お父様は震え上がった。

しかし馨様は、首を横に振った。

「妻の父親が犯罪者では困る」

「見逃すか」

「騙されていたのだから、仕方ないだろう」

彼はすっとお父様の前に屈んだ。

「お父上、ご自分がいかに世間知らずで騙されやすいか、わかりましたね？」

お父様は顔面蒼白でこくこくと首を縦に振った。

「警察関係者の身内に犯罪者がいるのは困るんです」

身内に犯罪者がいる娘と邏卒の結婚は認められないのだと、藤田警部補がこっそり教えてくれた。

「この前も言いましたが、俺たちの結婚に許可をくださるのなら、今後の生活は保障します。うたがいいと言うのなら、いつ会ってもらっても構わない」

「は、はい」

「ただ、うたに迷惑をかけたり、悲しませるようなことがあれば、次は容赦しません。犯罪者になる前に、この世からいなくなってもらいます」

彼が言うと、冗談でも本気の脅しにしか聞こえない。

「承知しました。うたをよろしくお願いいたします」

手のひらを返すように慇懃な態度になったお父様は、彼に向かって頭を下げた。

目の前で元人斬りと新選組が協力しているのを見て、なにか感じてくれたかしら。この頑固親父がそうそう素直に反省するとは考えにくいけど、さすがに親子揃って殺されかけたんだから、自分の悪いところを自覚してほしいものだ。

「解決だな。では俺はこれで」

特になんの感慨も抱いていない様子で、藤田警部補は去っていく。

「藤田警部補、また非番の日に奥様と遊びに来てくださいね！　今日のお礼をしますから」

大きな声をかけると、藤田警部補は振り返った。その目が、少しだけ細められているように見えた。

「ああ、また」

短く返事をすると、藤田警部補は先に行った部下たちを追いかけるように去ってしまった。

竹藪の中は馬車の車輪の跡、落ちた武器、弾丸、切り落とされた指などで、まるで戦があったかのような荒れっぷり。

そこに三人で残された私たちは、顔を見合わせた。

「とりあえず、今日は高屋敷の残党に襲われるといけないので、うちに来ますか？」

問われたお父様は、びくびくしつつもうなずいた。

「その前に、馨様の手当てを。病院に行かなくちゃ」

「いや、トミができるからいい。真っ直ぐ帰ろう」

トミさん、看護の心得まであるのか。侮れない。

「本当に……これくらいで済んでよかった……」

怪我をしていない方の腕に掴まり、歩き出す。

「君が勝手に屋敷を出ていったりしなければ、怪我をすることもなかったわけだが」

「うっ」

うすうす感じていたことを、ハッキリと言われてしまって落ち込む。

「まあ、そのおかげで早く賊を捕らえられたから。気にするな」

本気で言っているのかしら。

見上げると、馨様はくすくすと笑っていた。

「君がいなくなったと聞いたとき、肝が冷えたよ。無事でよかった」

彼はお父様の目の前で背を屈め、私の頬に口を寄せた。

私は恥ずかしさのあまり、なにも言えなくなった。

馨様には一生敵わないわ。

屋敷に帰ると、忍者のような装束を着たトミさんと成吉さんに出迎えられた。

彼らはふたりきりで、ボヤ騒ぎを起こそうとしていた不審者たちを捕縛し、警察に引き渡したのだという。

馨様の読み通り、宏昌さんに大規模な焼き討ちをする度胸はなかったということだ。

「ふたりとも無事でよかった！」

本当に元密偵だったのね。抱きつこうとした私の肩を、トミさんがガッと強い力で摑んだ。

「奥様！　これからは絶対に！　無断で出歩かないようにしてくんろ！　ええな⁉」

がくがくと揺さぶられ、うなずくこともできない。

「俺たち本当に心配していたんですから」

成吉さんがトミさんを止めてくれて、やっとみんなの顔を見ることができた。

「ありがとう。ただいま」

私はやっと、自分の帰るべき場所を見つけたのだ。そう実感した。

笑顔の写真

【高屋敷家兄弟、阿片密売で逮捕】


数日後、高屋敷家の不祥事が新聞の見出しを飾った。

兄弟はあの事件のあとすぐに警察に連行され、今も取り調べが続いている。

ちなみに宏昌さんとは、事件後、一度も会っていない。

馨様の情報によると、宏昌さんはおとなしく聴取に応じているという。

宏昌さんが特に働いている様子もないのに、お金に困っている風でもなかったから、彼のお父様の財産のおかげなのだろうと思っていたら、そういうことだったとは。

彼は病弱と思わせつつ、実は健康状態に異常はなかったらしい。

勉強したり働く気がなかったので、体が弱いふりをしていたのだとか。

「しかし、いつかは働かねばなあ、どうしようかなあ」と思っていたところ、お兄さんから阿片密売の手伝いをするように持ちかけられたのだ。

お兄さんは港の近くで外国商人相手に、様々なものを輸入する仕事をしていた。

そこに出入りする外国人から声をかけられ、阿片を密輸入するようになったという。

宏昌さんはお兄さんから送られてきた阿片を、人を雇い、帝都近辺で売りさばいていたのだ。

そして、自分でもたびたび吸引していたらしい。

馨様が私を略奪してからのことは、雇われた男たちが言っていた通り。

最初は馨様だけを始末し、私を奪還しようと思っていたみたいだけど、途中から全員消してしまえと方向転換されたらしい。

理由は、私が彼のものになったから。

その現場を見ていなくても、一緒に暮らしていれば、男女の関係になったのであろうことは誰でも予想できる。

まるでおもちゃを欲しがる子供のよう。

宏昌さんは新しいおもちゃ……つまり生娘だった私が欲しかっただけで、誰かのものになった私はいらなくなった。

それればかりか、関係者全員を逆恨みしてしまったのだ。

そのように少し曲がった人間性が、阿片を吸引したことによる作用で起きたものなのか、生まれ持ったものなのかはわからない。

間違って宏昌さんの妻になったりしなくて、本当によかった。私に言えるのはそれだけだ。

ちなみに私のお父様も川路さんも、宏昌さんと関わりがあったということで、事情聴取と家宅捜索を受けた。

しかし、彼らは阿片を買っていたという証拠が出なかったため、同じくお咎めなしとなった。

「それよりも、おまさちゃんたちは大丈夫かしら」

高屋敷家の奥様にはお世話になったので、少し胸が痛む。

奥様やおまさちゃんは、これからどうやって生きていくのだろう。

私さえいなければ、こんなことにならなかったのに……と落ち込んでいると、馨様が慰めてくれた。

「父親の財産が残っているからな。両親と娘で海外に渡る計画があるそうだ」

宏昌さんのお父様は、彼の仮病や怠惰な性格には気づいていたらしいけど、自分の仕事も忙しかったので、彼がなにをしているかは知らなかったらしい。

当然高屋敷家も大規模な家宅捜索がされている。

宏昌さんのお父様が捕まらなかったということは、本当に阿片についてはなにも知らなかった……というか、自分の息子が犯罪に手を染めているとは思いもしなかったのだろう。

「そうか！　外国なら、高屋敷家のことを知っている人はいませんものね」

羽振りのいい有名華族だっただけに、日本では生きづらいだろう。

おまさちゃん、外国でお友達ができるといいけど。ううん、きっとできるわよね。

私は静かに新聞を折り、文机の上に伏せて置いた。

事件から二か月後、実家のお父様を訪ねると、早速ぶつぶつ言われた。

「まったく、あのときはえらい者に目をつけられたものだ」

いやいや、そもそも川路さんとお父様が適当に私を結婚させようとしたからこうなったんじゃないの。

思い出せば高屋敷家の仕事を辞めた日、宏昌さんは私に「これからもときどき、個人的にお会いすることはできないでしょうか」と話しかけてきた。

あのときは、彼が私を想っているなどと予想もしなかった。

会うことをお断りして以降、彼は私を諦めていたはずだ。それなのに川路さんの余計なお節介で、想いが再燃してしまったのだろう。

この国の女性は、まだまだ親同士が決めた結婚を強いられている。

いつか、誰もが自分自身で選んだ人と一緒になれる時代が来るのかしら。

「それはさておき、お仕事の方はどうです？」

実家は馨様が改修工事の手配をしてくれたおかげで、見違えるように綺麗になった。

屋根は瓦葺きになり、壁も厚くなった。

障子も畳も新しいものに張り替えられ、雨漏りしていた箇所はちゃんと塞がれている。

風が吹けば飛んでいってしまいそうな小屋が、ちゃんと人が住めるものになったのだ。

お父様は今、お汁粉屋を完全閉店し、代わりに古着屋をやっている。

もちろん、段取りは馨様の伝手を頼って整えた。

お父様の身なりも綺麗にし、家の横に新しく小屋を作り、そこに古着をかけたらあら不思議。

なぜか古着は毎日ちゃくちゃくと売れるようになったのだ。

「伊達に衣紋方をやっていたわけじゃないからな。ちょっと珍しい帯の巻き方や、半襟の粋な色合わせを教えるだけで売れるんだ」

「はあ……」

得意げに言うお父様は、以前よりもずっといきいきして見える。

ならば最初からお汁粉ではなく、古着を売ればよかったのに。

昔は上様のお召し物を用意していた彼が「古着など扱いたくない」などと言ったから、こうなったんだっけ。

「よかったですね。やっぱりお父様は着物の扱いがうまいから」

「うむ、そうだな」

「今日の着こなしも素敵ですよ」

おだてると、お父様はうれしそうに笑った。

庶民の間ではまだまだ洋服は高価すぎ、着物はしばらく普段着として使われていくことだろう。

相変わらずの頑固親父だし、調子に乗りやすいところはあるけど、心から憎むことはできない。

できればこのまま、元気に心穏やかに暮らしていってほしいと思う。

「そういえば、孫はまだか？」

「まっ……少し前に祝言を挙げたばかりですよ。まだに決まっているじゃありませんか」

やはり空気を読まないお父様は無敵だ。誰も聞いてこないことをずけずけと聞いてくる。

私と馨様は少し前に祝言を挙げたばかりだけれど、その前から男女の関係になっていたことは、お父様も察しているのだろう。

だけど実際、まだ妊娠の兆候はない。

「馨様に似た美男を授かるといいんですけどね」

「わしはお前に似た女の子がいいよ。あんなにでかい男はいらん」

祝言を挙げたとき、紋付袴を着た馨様は、驚くほど神々しかった。

彼は白無垢を着た私を綺麗だ綺麗だと褒めちぎっていたけど、傍から見たら馨様のあまりの輝かしさに、私など霞んでいたと思う。

「どっちでもいいか。元気なら」

お父様はお客さんに外から呼ばれ、腰を上げた。

「達者でなあ」

商売の邪魔になってはいけないと、こっそり帰ろうとした私に、お父様は声をかけてくれた。

私は笑って手を振り、その場をあとにした。

家に帰ると、珍しく門の前で馨様と鉢合った。

「あれ、今お帰りですか？」

「ああ。今日は珍しく早く帰っていいことになった。最近遅くまで仕事が続いていたからな」

制服姿の馨様は、今日もため息が出ちゃうくらい素敵だ。

彼は飯盛旅籠の件から阿片事件、そして日々の通常業務のあれこれが重なり、文字通りの激務をこなしていた。

早く帰れたということは、彼が関わる仕事がひとまず落ち着いたということだろう。

「お疲れ様でした。今日はゆっくり休んでください」

祝言を挙げてから、落ち着いて話す時間もないくらい、馨様は忙しかった。

その合間に実家の修繕をする段取りを整えてくれたり、お父様が商売をできるようにお膳立てしてくれたりして、彼には本当に頭が上がらない。

娘の私でさえなかなか許せなかったお父様に、こんなに親切にしてくれるなんて。

あんなに迷惑をかけられたし暴言も吐かれたのに、彼は私にお父様の悪口を一切言わなかった。

なんて器の大きな人なのだと思うと、ますます馨様のことが好きになった。

門をくぐり、庭の中を歩きながら、彼が聞いてきた。

「父上は元気だったか？」

「ええ。前よりずっと元気です」

「君もうれしそうでなによりだ」

馨様は様々な援助をしてくれているわりに、お父様に会いに行っていない。

お互いにかなり激しく罵り合ってしまったので、気まずいのだろう。

まあ、本当はお父様の方からお礼を言いに来るべきよね。彼がいなかったら、今頃皆川家は崩壊していた。感謝してもしきれない。

「さて、じゃあ今日は腕によりをかけてご馳走を作らなくちゃ」

「なにか食べに行ってもいいけれど。牛鍋とか」

「牛鍋……！」

じゅるりとよだれが出そうになったけど、なんとか堪えた。

「でも、せっかくだからのんびりしていてください」

連日の激務が明けたばっかりだものね。

今からまた外に出ると、余計に疲れちゃいそう。

牛鍋はまたにして、今日は私とトミさんの料理でもてなそう。

そうと決まれば、急がなくちゃ。

腕まくりをし、やる気満々で屋敷の戸を開けた私は、中に入る前に後ろからぐいと引き寄せられてしまった。

「そうのんびりもしていられないな」

気がつけば、私は馨様の長い腕に捕らえられていた。背中に彼の体温を感じる。

「え……まだやることがあるのですか？　お手伝いしますよ？」

彼は滅多に仕事を持ち帰ったりはしないけど、今日はなにかあるのかな。

振り向こうとするけど、彼の両腕が私を拘束しているのでできない。

とくんとくんと胸が高鳴る。

彼が私の耳に唇を寄せ、吐息をかけるように囁いた。

「このところ、君をゆっくり抱けなかったからな。今日は堪能させてもらう」

「えっ」

どくんと心臓が跳ねた。

この屋敷の中に初めて入ったとき、雨に濡れたままの冷えた体を寄せ合ったのを思い出してしまう。

一気に頭のてっぺんまで上気した私の首元に顔をうずめるようにして、彼はくすくすと笑った。

「さあ、休んではいられない。食事は簡素で構わないから、じっくり湯あみをしておいで」

「え、ええ～っ」

「トミには言っておく」

「言わなくていいです！」

食事の支度をサボって、身支度に時間をかけるなんて、他の奥方にできても、私にはできない。

彼が腕を緩めたすきに、私は台所へと逃げ出した。

西洋風の屋敷だと、各部屋にドアがついていて、それ以外は壁で仕切られているそう。

ふすまを開けたらすべての間が繋がる日本家屋より、個人的な事情が見えにくいらしい。

当然、物音や話し声も聞こえにくい。

ああ、西洋風の屋敷に住みたい……。

馨様に愛されるのは当然嫌ではないしうれしいのだけど、朝起きてトミさんたちに会うのがすっごく恥ずかしいのだ。

彼らは夜になにが起きたか知らんぷりしてくれているけど、多分すべて筒抜けになっているのであろう。

なんたって、密偵だった人たちだものね。気配や物音には、人一倍敏感なはず。

あまり考えこむとトミさんたちの顔を見られなくなりそうなので、自分で顔を強く叩いて、気合を入れた。

さあ、今日も愛しい旦那様のために、おいしい料理を作るとしましょう。


翌日、馨様は非番だったのでゆっくり起きてきた。

「いつも早起きなのに……昨夜は遅くまで起きていたんですねえ」

珍しく成吉さんが薪を運びながらニヤニヤとこちらを見てくるので、頬が熱くなってしまった。

「い、いえ、あの、最近お疲れ気味だったので……」

「ああそうですか。そうですよね！」

成吉さんのニヤニヤは止まらない。

やっぱり、全部筒抜けになってる……。

昨夜、馨様は宣言通り、私を抱いた。

まるで、なにかに縋るように。失ったものを、取り戻そうとするように。

今でもときどき、ふとした瞬間に彼の中に残っている人斬りの片鱗を感じるときがある。

彼自身、自分の過去と戦っているのだろう。

その証拠に、あの事件のあとたびたび、悪夢にうなされていた。

きっと薩摩の戦で剣を握ったあとも、苦しんだのだろう。

彼はずっと、自分が斬り殺した人たちへの懺悔を、心の中でしているのだ。

だけど、私が彼を抱きしめると、彼は嘘のようにおとなしくなる。

私を激しく抱くのは、子供のときから与えられるべきだった愛情を、今取り戻そうとしているからかもしれない。

心の傷を抱えた彼だけど、だんだんと笑っていることが多くなった。

特に、おいしい料理を温かいうちに食べたときに、本当に幸せそうに笑ってくれるようになったのだ。

だから私は、できるだけ料理を作ろうと決めていた。

「今日は久しぶりに出かけよう。行きたいところがあるんだ」

朝餉のあと、馨様が提案してきた。

「ええ、お供します」

「この前銀座で作った洋服を着てほしい。空色の」

「ああ……でもあれは、公の場所に招かれたときのためのものでは？」

公の場に妻を同行する場合は、洋装でなくてはならなくなる——と彼が言ったから、作ったんだものね。

この前出来上がったという連絡が来て、成吉さんと一緒に取りに行ったばかりだ。

「今日は特別な日だから。俺も洋服を着る」

「ええっ。いったいなんの集まりに行くのですか」

馨様が制服以外の洋服を着ているのを見たことがない。

その彼が洋服を着るなんて、よほど特別なことがあるのだろう。

それならそれで、先に言っておいてほしかった。

どうしよう。ずーっと貧乏な暮らしをしてきたから、高貴な人たちの集まりでどう振舞うのが正解かわからない。西洋式の会食だったりしたら、終わりだ。

「私、お箸しか持てないんですが大丈夫でしょうか」

震えながら言うと、彼は鷹揚に笑った。

「問題ない」

短く返答をした彼はトミさんを呼んだ。私はトミさんにすぐ別の部屋に連行され、洋服を着せられた。

初めての洋服は、布地がぴったりと体に貼り付く感じで、着物に比べて少し圧迫感がある。

でも、袖が詰まっているから、珈琲を飲むときなんかは便利かも。

膨らんだ重いスカートを引き摺って奥座敷に戻った私は、驚いた。

「まあ……！」

馨様が白いシャツに黒い燕尾服を纏って、そこに立っていた。首元には、蝶ネクタイまで。

「まあ、まあ！　素敵です馨様！」

長い脚が際立って見える。こんなに洋装の似合う日本人がいたとは。

申し訳ないけど、銀座で見た洋服の人々は、服に着られちゃっている感が強かった。

しかし彼は、身の丈が大きいおかげで、違和感なく着こなすことができている。

「わかったわかった。さあ、行くぞ」

パンパンと彼が手を鳴らすと、よそ行きの着物を着たトミさんと成吉さんが現れた。

「馬車が門に着きました」

「よし。では向かおう」

私たちは全員で屋敷を出て、門の前に待機していた馬車に乗った。

あれ？　これもしかして、みんなで計画していたお出かけ？

私だけなにも知らされていなかったのかな。

どこに行くのか聞こうとしたけど、馬車は容赦なく揺れ、舌を噛むといけないので黙っておいた。


道行く人々がことごとく振り返るのを見ながら、私たちは目的地に着いた。

静かな町の端に、それはあった。

「素敵……」

私は目の前にそびえ立つ白亜の建物を見上げ、思わず嘆息を漏らす。

それは全体的に真っ白な煉瓦造りで、二階建ての西洋風建築物だった。

三角の尖った屋根の先に、十字の飾りがついている。

「これって、もしやキリシタンの」

「天主堂だ。最近建てられた」

二階の正面の丸い窓は、見事な薔薇窓だった。

何色もの色ガラスが花びらの形に嵌められ、その上に白い塗料で草花模様が描かれている。

「ボーッとしていないで、中に入ってみよう」

「えっ、いいんですか？」

馨様も私も、特定の神様を信仰しているわけではない。

信者でもないのに、勝手に入っていいのかな。

「許可はとってある。さあ」

トミさんたちが扉を開けてくれ、私と馨様は寄り添ってその中に足を踏み入れた。

「わあ……」

ヒノキの香りがする。橋のような形をした天井や柱には、ヒノキが使われているようだ。

すべての窓が、一番大きな薔薇窓と同じように色ガラスで彩られている。

「絵に残したいくらいですね。素晴らしいわ」

「ここで信者が集まり、神父の説教を聞くそうだ。それ以外に、もうひとつ重要な役割がある」

彼は私の手を引き、奥まで歩く。

聞き慣れない靴音が、辺りに心地よく響いた。

「信者はここで、天主に結婚の誓いを立てるんだ」

「結婚の？」

「正式なものだと、そこの席に親類縁者が座り、神父の前で誓いを立てるらしい」

彼の話によると、天主は心が広いので、見学をするくらいではバチを当てたりしないと神父さんが言っていたらしい。

神父っていうのは、多分、お坊さんみたいなものよね。

私は窓から入る、極彩色の光に見惚れる。

「うた」

じっくり珍しい天井や窓を観察していた私の手を、馨様がそっと握った。

見上げた彼は、柔らかな光のような微笑みを浮かべている。

「神父はいらない。神も信じていない。俺は君に誓う」

彼は西洋の人みたいに、私の手の甲に唇を寄せた。

「これから一生、俺が君を守る。君を幸せにする」

「病めるときも、健やかなるときも、俺は君だけを想う」

胸の高鳴りが大きくなる。

三々九度の盃を交わしたときもドキドキしたけど、今日はそれ以上だ。

「私も、誓います」

正式な作法は知らないけれど、私たちはきっと、これでいい。

私は馨様の大きな手を強く握り返す。

「私も、馨様を幸せにします。もっともっと馨様が笑えるように、私もずっとここにするように努めます」

大真面目で言ったつもりなのに、参列者が座る座席から、忍び笑いが聞こえた。

見ると、トミさんと成吉さんが隠れるように座っていた。

「あら……」

私も馨様のように、短くすっきりまとめた方がよかったかしら。

でも、私が彼にできることなんて、本当にそれくらいなんだもの。

ねえ、お母様。

お母様が生きていて、笑っていた日々は、私もお父様も本当に幸せだったのよ。

だから私もお母様みたいに笑っていようと思うの。

あ、でもお母様よりは強くならなくちゃ。

だって私が先に死んでしまったりしたら、馨様を悲しませてしまう。

病は気からって言うしね。

それに、これからこの国はどんどん変わっていくだろう。

大きな戦がいつ起きるかもわからない。

不安は尽きないけど、今は目の前の幸せを抱きしめて生きていこう。

「無理に笑わなくていいから」

馨様は優しく私の頬を撫でる。

「君はそのままで、俺のそばにいてくれ。この先ずっと」

自然と頬が緩む。

「はい」

私は力強くうなずいた。

溢れる光の中、彼は私の頬を両手で包み、そっと唇を寄せた。

「……うた、あっちを見てごらん」

「あっ。いつの間に」

開けっぱなしのドアのところに、四角の箱を持った知らない人がいた。

箱の中央には丸い金属がついているみたい。

「あれって、もしかして」

「ホトガラだよ。撮ったことがある？」

「まさか！」

先の上様がホトガラ好きだったのは有名だった。

しかし、ホトガラは高価だったので、うちみたいな貧乏武家には縁がなかった。

「洋服姿の君を、ホトガラに残そうと思ってね」

驚いている私を見て、彼は満足そうに微笑む。

「わあ、すごい！　結婚の記念ホトガラを撮れるわけですね！」

「そう。子供が生まれて大きくなったときに、君の母上はとても綺麗だったと自慢するんだ」

「それなら、父上がとても美男だったことも付け加えなくては」

とりとめもない話をしている私たちの前に、成吉さんが割り込んできた。

「はいはい、おふたりさん。いちゃいちゃしてないで、くっついて並んでください。写真屋さん、困っているじゃないですか」

どうやら幕末までホトガラと呼ばれていたものは、今では写真と呼ばれているらしい。

「お幸せそうでなによりです。よかったら、みなさんで」

写真屋さんは洋装の紳士で、流行りの口ひげを生やしている。

「わたしゃ嫌ですよ。魂を抜かれちまう」

「トミさん、そんなことあるわけないだろ」

脱兎のごとく天主堂の隅まで逃げたトミさんを、成吉さんが追いかける。

「そうよ、トミさん。徳川慶喜(よしのぶ)公は何度も写真を撮ったけど、今もピンピンしてるわ」

「いいや。ホトガラに武士の魂を抜かれたから、腑抜けになっちまったんだ！」

いきなりお父様のようなことを言い出すトミさん。

慶喜公は戊辰戦争のときに、幕軍を置き去りにして、数少ない取り巻きだけを引き連れ、大阪城から江戸へ退却した。

そのことを言っているんだろうけど、もうそんな昔のことを蒸し返さなくても。

「せっかくだから、先にふたりきりで撮ってもらったらどうですか」

興奮状態のトミさんを宥めつつ、成吉さんが言った。

「そうだな。夫婦で撮ろう」

「はい」

私たちの撮影が無事に済めば、トミさんも安心するかな。

「じゃあおふたりとも、寄り添ってください。なるべく瞬きはしないように」

写真屋さんが、レンズの蓋を開けた。

「ああ～。ご主人様と奥様の魂がああ～」

「うるさいよ、トミさん」

後ろからトミさんの叫び声が聞こえてきて、笑いが込み上げてくる。

こうして出来上がった写真は、珍しく笑顔の写真となった。

普通、表情が崩れぬよう、真顔で撮ることが多い写真だけど、私と馨様は、とても幸せそうに笑っていた。


それから半年後、桐野家の居間で、私と馨様は肩を寄せ合って座っていた。

「いい写真だな」

「本当に」

笑顔の記念写真を眺める私のお腹は、少し膨らみ始めている。

彼が悪夢にうなされることは、ほとんどなくなった。

私たちはこれからも共に、巡りゆく季節を眺めるだろう。

つらい記憶も犯した罪も消えたりはしないけれど、それ以上にふたりで紡ぐ尊い時間を大切にして、生きていく。

寄り添い合って、微笑みながら。

いつか、馨様の顔に、くっきりとした笑い皺が刻まれるまで。

私は彼に微笑みかける。

彼は目を細め、私に甘い口づけを落とした。


【完】

あとがき

この度は本作品をお手に取っていただき、ありがとうございます。真彩(まあや)-mahya-です。

今回は、自身の恋愛小説史上初の時代ものです。

プロフィールに「新選組が好き」と書いてある通り、私は歴史にそれほど詳しくはありませんが、幕末や新選組が大好きなのです。

しかし新選組の生き残りがヒーローだと、恋愛小説としてしっくりこなかったので、元維新志士の馨というキャラクターが出来上がりました。

幕末生まれということもあり、平成生まれのヒーローより重くて暗いバックボーンを背負ってしまっています。私が影のあるヒーローが好きなせいです。ごめんね馨。

ヒロインのうたも没落士族の娘ということで、つらい生活をしています。

ヒロインとヒーローがダブルで暗いと嫌なので、うたには前向きな性格になってもらいました。

貧しくてもなんとかなるさ、なんとかするさと力強く生きる女性が幸せになるお話が私は好きです。でも現実の女性が頑張りすぎていると、心配になります。

仕事して家事して育児して……令和の女性もうたと変わらないくらい大変で忙しい。現実はうたみたいに、やたら頑張らなくていいです。手を抜けるところは抜いていきましょう。完璧にやらなくたって死にはしませんから。

というわけで「明治なら幕末の次だし、いけるんじゃない？」と気軽に書き始め、ドツボにハマった作者は私です。

明治は恐ろしい速さで近代化が進んでいく時代で、幕末までの知識では到底足りませんでした。気づくのが遅かった。調べ物の多さにめまいがしたよ……。

しかし恋愛小説ですので、実際とは違う創作箇所もあります。生温かい目で見守っていただけたら幸いです。

最後に、マーマレード文庫編集部様、美麗な馨とうたを描いてくださった蜂不二子(はちふじこ)様、この書籍に関わっていただいたすべての方にお礼申し上げます。

そしてこのお話を読んでくださった読者の皆様。本当にありがとうございます。

いいですか、絶対頑張りすぎちゃだめです。たまには自分を甘やかしましょう。毎日元気でなくてもいい。皆様が心穏やかにいられますように。

令和四年　六月吉日　真彩 -mahya-

マーマレード文庫

没落令嬢は狂おしいまでの独占欲で囲われる

2022年6月15日　第1刷発行　定価はカバーに表示してあります

著者　真彩-mahya-　©MAHYA 2022
編集　株式会社エースクリエイター
発行人　鈴木幸辰
発行所　株式会社ハーパーコリンズ・ジャパン
東京都千代田区大手町1-5-1
電話　03-6269-2883（営業）
0570-008091（読者サービス係）
印刷・製本　中央精版印刷株式会社

ISBN-978-4-596-70836-6

m a r m a l a d e b u n k o